樂府

心里满了，就从口中溢出

# 乌有猫

余幼幼 著

北京联合出版公司
Beijing United Publishing Co.,Ltd.

一方猫

一片猫

一把猫

一折猫

一根猫

一圈猫

一团猫

一条猫

一颗猫

一摊猫

一朵猫

一张猫

一叠猫

关于猫的
奇异
事件薄

关于猫
的流体力学
研究

目 录

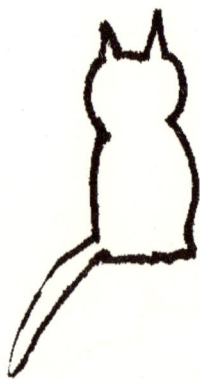

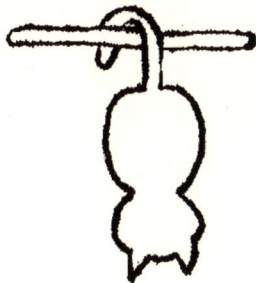

# 01

# 一万滴猫雨

猫认为出场以前得来点儿预演性质的表演，不能直接暴露自己。于是下雨前，先刮点儿风吧，就一小点儿，像踩空楼梯那样，一瞬间身子倾斜。不要太用力，风不需要太大，只是微微倾斜一点点，猫还要留点儿力气继续玩耍。

猫借着刮风的时机藏进一朵带有阴影的乌云中，就像藏于大幕背后。猫激动又兴奋，两只耳朵恍若光斑一样跳跃，跳着跳着，无数光斑就跳了出来，驾着云翳即将奔赴舞台。

舞台位于头顶上方一片旷阔的天空，说近不近，说远不远，抬头可见，伸手去触碰又遥不可及。它的面积十分庞大，无论我走到哪，都在它的环覆之下。待到乌云飘临，大幕拉开，就有一场不得不看的表演。

　　猫提前设计好舞台，是为了郑重其事地下一场猫雨，数量是一万滴。

　　大老远我就看着猫站在乌云上，向前方驰骋。乌云的速度如同马群奔腾，人们计算着，并收回了踏入室外的脚步，头依然望向天空。我正巧与猫对视了一眼，那一眼让我觉得似曾相识，却想不起在哪里见过。

　　那时候，我还没有猫，猫来自哪里，我全然不知。天越来越暗，乌云越压越低，有一种猫雨欲来风满楼的紧迫感。忽然，听见地上摔出噼里啪啦的声音。表演开始了，如此急促，竟然没有预热和开场白。所有猫几乎在一瞬间，以一滴雨的形式降落。哗啦啦，哗啦啦……猫雨在几秒钟之内下下来，很快就结束了，快到根本来不及反应，以至于让人以为雨还没有下就停止了。

这是雨季最短的一场雨了，短到我的全身都几乎没有被淋湿。我有些后悔没有离舞台中央近一点儿，以便仔细看清楚猫雨的样子。

一万滴猫雨代表一万只猫，既是猫下的雨，也是雨下的猫。猫和雨，已经没有了区别。下到地面的猫雨只发出啪的一声就不见了，留下无数的猫脚印。

# 02
# 猫在梦中

猫雨过后，天气变得凉爽，当天晚上我睡了一个深沉的觉，还做了一个梦。

我梦见一只猫从我的耳朵里面钻了出来，不停地膨胀，变大的速度肉眼可见。那只猫的毛偏棕黑色，有些许金黄色杂毛，我在梦中一直叫它麻花。

麻花与我自来熟，从未表现出任何的惧怕，反而不停地搞恶作剧。它不受控地膨胀，一时间让人担心它会长到连房子都装不下。麻花肚子里面装的难道全是气体？圆滚滚的。我想拿针把它戳爆，让它扁下去，但是又下不了手，毕竟我摸了麻花，是真正有骨有肉的猫，我怕它会痛，只能任由它胀鼓鼓，像皮球一样弹来弹去。

麻花每天都在家演绎各种腾空、跳高、咬尾巴、跟自己追逐的戏码，它的弹跳能力尤其好，我几乎逮不到它。我每次想让麻花停下来，就得追着它满屋子跑，上蹿下跳，像一只猴子。

当麻花长到电视机那么大的时候，它突然停下来，不长了。我摸着胸口，长舒一口气，幸好，幸好。

大如电视机的麻花虽然不再长大，但身子却是正常猫的好几倍，食量也巨大。麻花的胃是永远填不满的无底洞，我们家的生活费噌噌噌地往上涨。丈夫因此有些埋怨，多次说麻花是个赔钱货，害得他的工资都不够花了。但每当麻花吃饱了在丈夫身边睡得四仰八叉时，丈夫又乐得合不拢嘴，说麻花太可爱了，瞬间忘记了不满。

大如电视机的麻花每天在我面前晃来晃去，上演各种戏码，看见麻花表演就像在看电视剧。我和丈夫多年来已经没有看电视的习惯了，麻花的出现，又让我们找

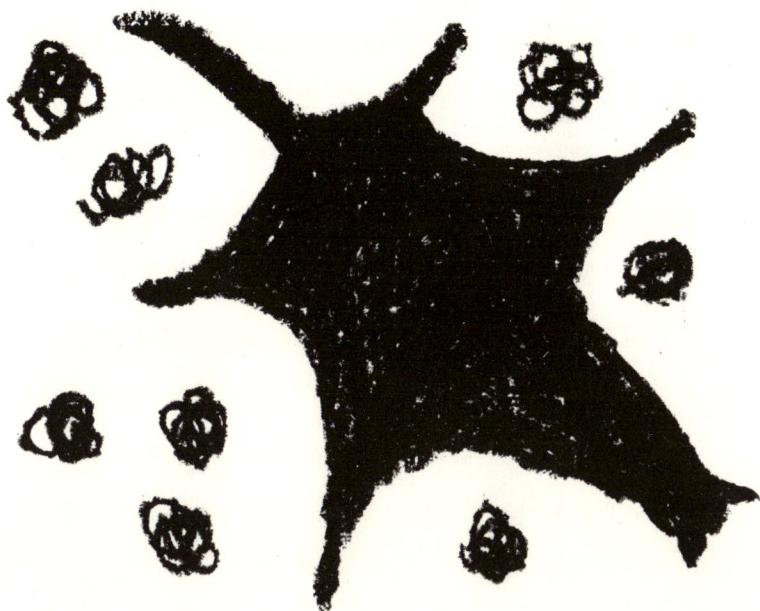

回了当初一起看电视的感觉。每部电视剧都是麻花自导自演的。我们收看的无非是麻花登高、跳跃、疯跑……剧情单调且重复，但我和丈夫一点儿也没有觉得厌倦，看麻花表演反倒成了每天晚饭后的固定活动。

演出结束，麻花无一例外要去进食，补充能量，把肚子吃回浑圆。有时候，麻花趴到我的胸口上大睡，呼噜连天。它那么喜欢挨着我，让我感到欣慰，但体积和重量巨大的麻花压得我几乎喘不过气，我对麻花说下去吧，你太重了！麻花对我不理不睬，依然趴在我身上，也不知道是真睡还是假睡。

从梦中醒来时，感受到胸口一阵温热，我确定那是麻花留下的。

# 03

# 种猫得猫

以前没有怎么关注过猫这种动物，可以说对它们缺少了解。自从梦里来了麻花，跟它生活在一起，时间虽然短暂，却足以让我对猫产生兴趣和喜爱。我舍不得麻花离开，但梦并非每天都有，梦见的东西并非每天都一样。

很久都没有梦到麻花了，我十分想念它，连出门眼睛都不免在树丛中打探，盼望看见一只猫出没，哪怕不是麻花。

我把注意力放在寻找猫上面，自然就看见了许多猫。

原来地上有这么多猫存在。花丛中，泥巴里，草地上，树底下……随处可见，它们四处走动，数量庞大，就如同是被种到土里长出来的。

种猫就像种蔬菜，种瓜得瓜，种豆得豆，种猫就得猫。

在这个世界上，有人种猫，也有人捡猫。

种猫的人只需把猫种子随意地撒到土中，不用浇水、施肥、翻土，到了春天，就会收获无数猫。事实也证明，春天一来，一夜之间地面上的猫明显增多，猫从泥土钻出且很快成熟。

春天是猫收获的季节，也是最适合捡猫的季节。

春天的阳光日益充沛，猫刚刚长出来，与万物复苏的节奏同步，一切都是新的，也没有什么家猫和野猫的概念，它们的意识才刚刚开始，作为猫的生命才初次被接纳。

猫儿们伸出四只小脚掌，触碰温暖的阳光，一只挨着一只，像覆盖在大地上的毛茸茸的毯子。天气好的时

候，就会看见猫奋力地把自己摊开，放平整，吸收太阳光。吸饱了阳光的猫，缓慢地睁开眼睛。

猫知道自己已经长成熟，便将身体彻底地从泥土里抽离出来。它四脚着地，先试探性地在地面上走了几步，然后逐渐地加快步伐，最后四条腿完全绷直，往前跨越、奔跑……

土里长出来的猫迅速向四周扩散，有的留在树林里，有的来到了大街上。在街上经常看见猫出没，有的猫很怕人，见人就躲，一溜烟儿便消失；有的则像麻花一样自来熟，发现行人路过，上前蹭啊蹭，好像在说带我走吧带我走吧！遇到喜欢猫的人，他们会停留片刻，蹲下来摸摸猫，陪猫玩一会儿，或者在就近的便利店买点儿吃的喂它们。有时猫会跟逗它的人走一小截路，人不再回头，它才停下来。

从土里长出来的另一些猫，喜欢上了人，却不想离开土地，最终它们选择到人群集中的地方生活。会有一些爱猫的人在固定的时间和地点给它们带来吃的和喝的。既不饿肚子又能到处行走，那些猫便永远留在土地上，时刻与泥土保持着紧密的联系，就像很多人眷顾自己的家乡。

# 04
# 捡猫

　　经过了春、夏、秋、冬，到了第二年春天，我突然意识到我是一个没有猫的人，难免还是让自己吃了一惊。

　　我为什么会没有猫？这个疑问彻彻底底难倒了我。我从早上想到晚上，从家里想到家外，甚至吃饭走路都在想，但我没有想出一个让自己满意的答案。

　　人的很多想法可能是一时兴起，根本找不到理由来解释，也有时候三分钟热情，过后就是无尽的厌倦和懊悔。我一点儿也不想做这样的人，猫好歹是一条鲜活的生命，必须认真对待，必须想明白，就像我对麻花的那

种明白。

　　我继续想啊想，每时每刻都在想，想到迷路，眼睛昏花，眼前模模糊糊，忽然飘起来一坨灰白色的东西，我揉了揉眼睛，那灰白色的东西没有消失。我往前跨一大步，看个清楚，差一点儿惊叫出声。原来是一只深灰色带条纹的猫，它眼睛微闭，睡得正香甜，我赶紧捂上嘴，嘴形大张。

　　这只猫看上去十分小巧，应该是才出世不久，脸形圆润，腮帮子微微鼓起，毛干净柔顺，不像是流浪过的。

它既不在地上，也不在树上，而是悬浮在空中，像一只氢气球静静地飘着，不高不低，近在咫尺，只要一伸手就能把它揽入怀中。

我把猫抱过来。猫并没醒，仍然在熟睡，我抚摸它，轻轻地捏它的小耳朵，再搓搓它的小爪子，在心里默默地问："你叫什么名字呀？你来自哪里啊？"

猫沉沉地睡着。我抱着它一路小跑回家，双臂始终紧紧环绕，生怕它掉了。开门的那一刻，猫才慢慢睁开了眼睛，在我的怀中一动不动，天真地望着我，一点儿也没有表现出害怕。

我去厨房倒了碗牛奶喂它，看它吧唧吧唧把牛奶全部舔光，心满意足，应该是饿坏了。我为它铺了睡觉的窝，准备好水和吃的干粮。转眼就看见它已经蜷缩在沙发缝隙间睡得香甜。这下我才如梦方醒，真正意识到家里多了一只猫。不过一切的发生又是如此自然，我没有觉得奇怪，丈夫回家看见猫也没有觉得奇怪，就像这只猫早就在这。

按照丈夫的说法，它看起来不像是下猫雨下下来的，也不像是种出来的，更像是想象出来的一只猫，而且是一只真正的猫。

不管这只猫是否是我想出来的，不管它来自哪里，都改变不了一个事实：我是一个有猫的人了，我拥有一只真正的猫。至于之前我为什么没有猫，这个问题就显得不太重要了。

## 05
# 新房子

我和丈夫住一套两室一厅的房子，房子很小，住两个人刚刚好；房子离地面很高，站在地面往上看，我家只是一颗花生大小的黑点儿，像从地面溅到高空的泥点子。这颗泥点子虽然很小，对我而言已经足够宽敞结实，除了包裹住我和丈夫，还包裹着柜子、椅子、沙发、床……许多许多的东西，到处满满当当。现在又毫不费力地塞进来一只猫，真是一颗富有弹性的泥点子呢！

猫到来以后，对新环境日渐熟悉。它把每个角落都巡视一遍，将所见之处都划归自己所有。它躺在任何它想躺的地方，包括我和丈夫的身上，把我们也当成了自己的地盘。

猫很快占领了家中大大小小的空间，房子却没有因此变小，反而感觉更大了。扩大的部分就是猫自己。

猫就是这个旧房子里的新房子，小房子里的小小房子。与猫在一起就如同待在猫房子中，外面发生了什么，很不容易察觉。猫房子里只有猫而没有其他，甚至没有记忆。我经常忘记正在煮东西，把锅烧煳了才闻到。那时我正在跟猫一起玩耍，所有的注意力都在猫那里。我手拿逗猫棒，在猫面前晃动，猫左扑右扑，腾空跳跃，激动不已。

我贪恋在猫房子中的每一个时刻，不仅是因为能和猫一起玩儿，还因为猫房子的四壁都是软软的绒毛，正着摸过去，反着摸过来，一点儿也不扎手，猫也被摸得发出咕噜咕噜的声音，这声音在耳边循环播放，像是猫房子中有一个三维立体环绕的音响，听着让人感到无比的沉静安谧。

猫房子的地板是猫爪子上的肉垫拼接而成，粉粉嫩嫩，弹力十足，比地毯柔软，比木地板减震，比瓷砖防滑，踩一脚下去又自动恢复成原样。

猫房子中仅有的两扇窗户是猫的眼睛。通过窗户向内看，发现猫的身体里有一个巨大的空间，忽明忽暗、神秘莫测。这个空间一望无际，比我站在楼上遥望整座城市都还要显得广袤宽阔，看不到边缘，又不像城市被密密麻麻的楼房、道路、车辆、人群所填塞。

那是一个变化多端的世界。一会儿暗下去，形成一个巨大的黑洞，什么也看不见，像要把一切事物都吞进去，我紧紧扣住地板，生怕被那片黑暗的引力吸走；终于挨到它慢慢亮起来，被光线充盈，我才松了一口气。它竟然瞬间变成一个色彩明艳的乐园。里面有秋千、高低杠、旋转滑梯、跷跷板……凹凸不平的地面，长着绿油油的小麦苗，蝴蝶在上面翻飞，猫在追赶，奔跑，走高下低，十分欢愉。我想进入这个色彩缤纷的乐园之中，可怎么也找不到入口，只好在外面看着猫独自在里面徜

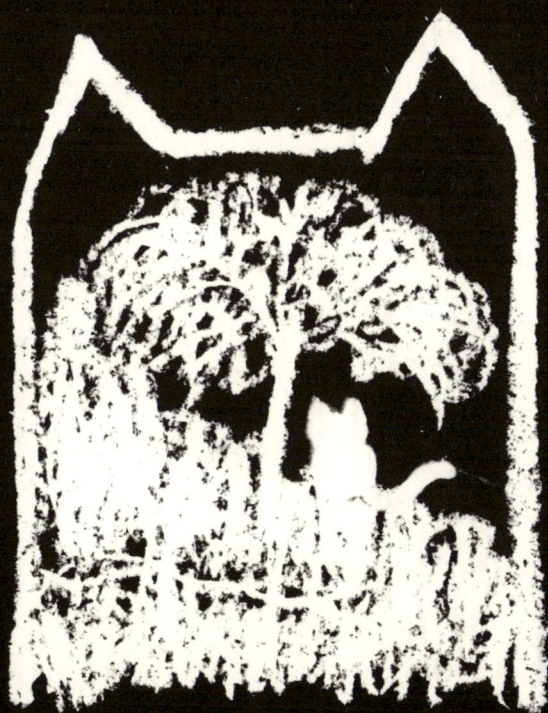

徉快活，自由自在。我看得入了迷……等到光线微微收拢，乐园消失了，眼前出现一扇反射玻璃。透过玻璃我看见了自己的脸，进一步我看到了自己的眼中闪现出对刚才乐园的渴望，我的心脏映在玻璃上，扑通扑通地跳跃，仔细听，还有清楚的回音。

# 06
# 贪吃猫

别看猫刚来时，瘦瘦小小，弱不禁风，丈夫用一只手就能捧起来，可是猫的食量惊人，每天要吃掉许多东西，除了吃自己的还会来蹭我的。每次见我手里拿了食物，就会坐到我面前喵喵叫，用脑袋顶我的手臂，搞得我吃也不是，不吃也不是。猫用它的可爱绑架我，用它的鬼把戏骗吃骗喝，轻易就分去我的食物。若把猫吃掉的东西穿成一条线，会有一列火车那么长，不同的食物占据不同的车厢，上面载着各种各样的营养。

猫吃下一列火车，身体也变得很长很长，可以从阳台拖到客厅再拖到卧室，如果房间足够大，兴许还会拖得更长。猫经常在家跑火车，拖着一条长长的身体。它轰隆隆跑过去，又轰隆隆跑过来，仿佛在追赶什么，又仿佛在被什么追赶。经常后腿在一个房间，头却到了另一个房间。

猫的食量逐渐增大，身体也变得更长，可以倒挂在晾衣杆上，缠绕几圈，来回晃荡。猫学会了荡秋千，它自己既是秋千也是荡秋千的猫。吃饱了，无事可做的猫就把自己悬挂起来荡啊荡啊，打发时间。

猫变长以后，抚摸它所花去的时间也比之前多了不少。以前从头摸到尾只需要几秒钟，现在要足足花上几分钟，撸猫变成了一份体力活儿。猫并不总是把身子直直地平放，它更喜欢七拐八拐地睡在地上，或在桌腿上缠一圈。撸猫时还得七拐八拐地摸过去，在不同的房间里面穿梭。

猫虽然变得很长，却没有给我们的生活带来半点儿麻烦；它的身子无处不在，四处盘踞，却软得无法把任

何一个人绊倒，就算绊倒，摔在猫身上也像摔在棉花上一样轻柔，感觉不到疼痛。

猫不是完全无休止地让身体长长，它能利用强大的消化系统很好地控制身体的长度，想长就长，想短就短。如果猫觉得身子太长，长过它能承受的极限，就会把超出的部分通过消化缩减回去，以此确保身体在一定的长度范围内。这样的猫既能荡秋千又不使得身体臃肿而行动不便，它仍然可以自由地跑动，如一列轻快的小火车轰隆隆轰隆隆……

# 07

圆

猫在家中画了大大小小数不清的圆。

有很多个同心圆重合在一起，大圆套着小圆，有的圆相互交叠，像下雨时平静的水面荡出的涟漪，一圈又一圈，无数圆圈紧挨着或是交叉着，慢慢漾开，然后消失。猫画的均是些隐形的圆，肉眼看不见，只能感知。每一个圆的诞生都在悄然进行。我和猫任意一个位置的变动，猫都能画出一个新的圆；我每移动一步，就从一个圆跨到另一个圆。

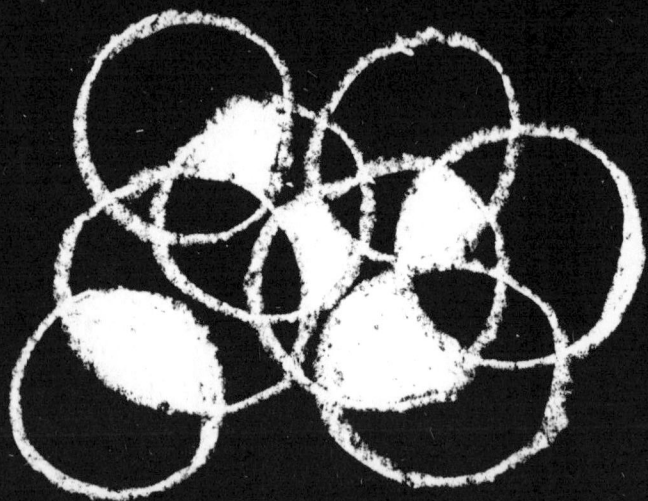

猫画圆时没有用圆规，也没用任何圆形的器物作比照，而是把我与它之间的距离当成半径，围绕一圈，画一个大圆，犹如孙悟空用金箍棒在地上画的圆，将师父和师弟三人圈在里面。但猫画的圆跟孙悟空画的圆还不太一样。孙悟空画圆是用来防妖怪的，而猫画圆不是为了防什么，也并非把我一人关在圆内它在圆外，更不是为了要保护我。

猫将我和它自己一起圈在圆中，是要我和它处于同一个确定的空间。这个空间可大可小，大小取决于我与猫之间的距离。我与猫隔得远，猫画的圆就很大；我与猫隔得近，猫画的圆就很小。特别是我在房间一头，猫在另一头的时候，这个圆就会超出整个房子，一部分弯弯的弧形跑到了房子之外，阳光一照就折射出七种颜色，赤、橙、黄、绿、青、蓝、紫，天空架起一道绚丽的彩虹……我和猫一同望向窗外，观赏这道由我们制造的彩虹。

不管我跟猫的位置如何改变，我们始终都在同一个圆圈里，不管我在哪儿，猫都以我为圆心画圆。只要我跟猫在相同的圆中，即便我专注地做自己的事，不搭理它，猫也显得泰然自若、淡定悠闲。我也不会一直挂念它，每隔一段时间就要去看它一回。我们互不干扰，除了不能跃出圆圈的边界，并没有其他限制，久而久之我跟猫的生活反而像没有圆圈存在一样自由。

有一次，我明显地感觉到圆圈不见了，真是奇怪。还以为猫忘记画了。正当我疑惑的时候，一低头，发现猫正睡在我的大腿上。

# 08

# 乌有猫

有猫以后，猫很快就化为乌有，变得不存在似的，因为猫在家中无处不在，像空气一样，反倒感觉不到它的存在。

我们呼吸，呼吸看不见的空气，呼吸猫。猫就是空气。

很多时候，我压根儿就看不见猫，越是到处找，就越是找不到它。猫会趁人不注意，全力伸展四肢，伸展到无限广阔，身体越来越薄，毛色越来越淡，最后变成透明的，与空气融为一体。透明的猫身居暗处，我在明处，它可以看见我，我却看不见它。我埋怨，这样很不公平呀，但也毫无办法，跟猫无法讲公平，只能怪自己不能像它一样变身。

我无数次找猫，把家里全部翻了个遍，找得心里发慌，一扭身却看见它就在我的脚下蹲着，身子前倾跟我一起寻找着什么。我气不打一处来，好端端的找它干吗？谁会像我一样吃饱了没事干呢？

猫尾随我去了每个房间，跟我一起找了一遍自己，而我竟然一点儿也没有察觉。猫可以把自己变得透明，走路时不会发出任何声音。猫爪子很轻很轻，走起路来肉垫触碰地板，消除了全部的声音，那些声音或许也藏在肉垫中，猫一抬脚或跳跃，就把声音带走了，根本传不到人的耳朵里。

明明知道猫就在房间的某处，但就是不见猫的身影，就像明明知道空气把我们团团包围，伸手抓一把，却发现两手空空。猫借用空气的透明让自己变得透明，它把身体藏在空气中，化身为乌有，而乌有仅仅是猫的外衣。

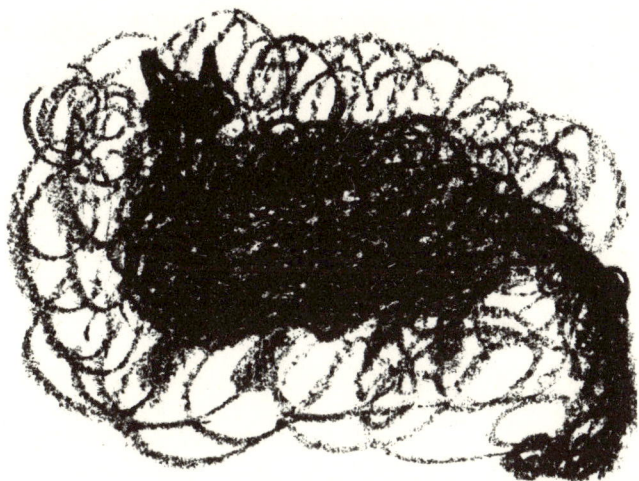

　　要想使猫现身，就不能过分在意它。

　　因为猫的现身是不经意间的闪烁，就像一圈光晕。通常猫的前半身和后半身分离，我们看不见完整的猫，也难以寻觅到它真正的踪迹，更有可能猫把身体的各个部分安插在家中的不同位置，让其一闪而过，发出迷惑人眼的光斑。

　　但是必须坚信猫一定会出现，只是不知道具体的时间和地点，也没有具体的原因。反而不找猫的时候，猫就主动出现了。当它来到我的面前，用一双深邃的眼睛看着我时，一切又显得那么的真实，好像它不曾消失。猫与我对视，眼睛里放射出一道锋利的冷光，刺穿我的双眼，仿佛要把我整个人都吸入，将我化为乌有。

## 09
# 玻璃弹珠

　　小时候，我有一抽屉的玻璃弹珠，经常和小伙伴儿们一起玩儿打弹珠的游戏。在地上挖一个小洞，放上弹珠，趴在洞前，全神贯注，憋一口气，闭一只眼，用单眼去寻找角度，推算好力度，大拇指一弹，用自己的弹珠去碰其他人的弹珠，碰得多的就算赢。

　　弹出去的弹珠通常会碰到周围许多弹珠，发出啪啪啪的声音，五颜六色的弹珠在地上碰撞、滚动、闪光……

　　妈妈不喜欢我打弹珠，批评我说："一个女孩子怎么能趴在地上玩儿，太脏，知不知道衣服有多难洗？"这些话像耳边风，左耳朵进右耳朵出，说了等于白说。我把妈妈的话抛在脑后，照旧跑去玩儿，把浑身搞得脏兮兮的。每次玩儿完，从膝盖到前胸、手肘的位置都是黢黑一坨，妈妈看见我咬牙切齿，恨不得打我一顿。

有天晚上，妈妈给我讲了一个睡前故事，说小孩玩儿的玻璃弹珠都是猫咪的眼睛，猎人捉住猫咪就把眼珠子挖出来，然后卖给小卖部的老板，老板再卖给小孩儿。

我被这个故事吓傻了，一晚上没合眼。闭上眼睛，就有无数瞎眼的猫咪钻出来，有的猫还是独眼龙，更加可怕。我想到有一抽屉猫的眼睛，全身就发抖。万一被挖去眼睛的猫咪们找上门来，让我把眼睛还给它们怎么办？连续好几天晚上，我担心得睡不着觉。

从那以后，我再也不敢玩儿弹珠了。

猫的眼珠在眼眶中滚来滚去，确实跟童年玩儿过的玻璃弹珠一模一样，光可以穿透，表面发亮闪烁。我想起妈妈讲过的故事，只是不再害怕。现在，我宁愿相信是猫太顽皮，偷走了小孩儿的玻璃弹珠，安在了自己的

眼眶里。

　　猫的眼珠转动，就像玻璃弹珠在地上滚动。有了猫，就等于重新得到了两颗明亮闪耀的玻璃弹珠。

　　我经常趴在地上，盯着猫的眼睛看，猫也盯着我看。猫转转眼珠，我也转转眼珠。猫眨眨眼睛，我也眨眨眼睛……我和猫的目光一来一去，一击一回，便把那两颗玻璃弹珠弹拨了起来。我借用自己的目光和猫的目光玩起了打弹珠的游戏。玩儿了几局下来，谁也没输，谁也没赢。

# 10
# 洁癖

猫跳上我的工作台，站在一堆杂乱无章的书稿中，冷酷地向四周扫视，它眼中放射出如炬光芒，恨不得把周围乱七八糟的东西点燃，烧个精光，只留一张光洁干净的书桌供它骄傲自如地行走、蜷曲、仰躺。

猫喜欢所到之处干净宽敞，这样它就可以摆出各种姿势，随意拉伸。猫对我的工作台深恶痛绝，因为上面经常散乱地放着各种各样的书稿或物品，成为它运动的障碍物。猫蹲在一堆书中，皱着眉头，冷冽的目光通过书堆中的缝隙刺向我，让人感到惊悚不已。随之，猫把我堆得歪歪扭扭的书刊全部推到地上，我来不及反应，一堆书就在面前倒塌。猫屡试不爽，只要我稍微迟疑片刻，没有用手护住，就只得眼睁睁看着一大堆书像大楼爆破一般从眼前轰然坍塌。猫满意地舔了舔那只行凶的爪子，一溜烟迅速逃离作案现场。

猫还经常来顺走我随意扔在桌面的橡皮，拨到看不见的地方，我要用的时候怎么都找不到。只要用过后的东西没有立即归位，猫都将其视为没收的对象。猫会迅速将其叼走。被猫没收的东西，想要找回可就难了。猫藏东西时不会留下蛛丝马迹，只能等待某天不经意间发现它们。大扫除的时候，丈夫就曾经在沙发底下找到过几支铅笔、几块橡皮擦和一把打火机……

我不爱收拾，猫却有洁癖。它充当了一个卫生监督员，整天在书桌上走来走去，不容许我乱放任何东西。我神经紧绷，生怕忘了把用过的东西放回原处。我问丈夫该怎么办，被一只猫管教实在令人头疼。没想到丈夫完全站在猫的一边，还说要跟猫组成清洁联盟阵线。把

不爱干净的我孤立在一边。

早知道就不跟丈夫说了。我不仅失掉了一个同盟，还多了一个敌人。往后的日子，我只好小心翼翼，不敢有半点儿不规整。

丈夫对洁癖猫确实喜爱有加，就连它洗脸、舔毛都会献上溢美之词。猫用舌头舔湿前爪，从下而上擦拭嘴角和胡须，洗完左脸洗右脸，然后再开始舔舐周身的皮毛，直至发亮为止。特别是猫晒太阳的时候，配合太阳的烘烤，将阳光洒在身上的热量和钙元素与唾液混合起来，再用舌头在身体表面涂抹均匀，做一层透明的光膜。有了这层光膜，猫就可以在地上随意打滚，滚脏了，大不了用舌头轻轻一刮，又重新恢复光亮。

# 11

# 黑夜降临

夜晚是一条黑色的麻布口袋，无限大，无限能装，不声不响地把整个世界装了进去。黑夜降临，我们都是被装在口袋里的人，没有人能从口袋里出去。后来大家逐渐适应了，学会了在口袋里生活，安了各种各样的灯，企图还原白天的样子，可惜怎么也达不到白天的亮度，所以口袋里的生活很枯燥，大部分时间就是睡觉。

猫也被装进口袋里，时而安静得像跟口袋融为一体，时而又闹腾得像要把口袋挠破。我和丈夫躺在床上，能清楚地听见猫在客厅用爪子刮出唰唰的响声，根据声音就能判断，那是猫在沙发上疾行，从一头到另一头，在两端之间来回奔跑。好在我和猫早已达成了某个不成文的契约，在乌漆麻黑的夜晚，即便通过声音知晓它在做什么，哪怕是搞破坏，也不能阻止它。因为夜晚是看不见的，看不见的事情都要当作没有发生。

猫白天铆足劲睡觉，能睡多久就睡多久，睡饱了，积蓄满身的能量，晚上才足以在这黑色的麻布口袋中活动，边活动边探索口袋的大小。迄今为止，还没有人知道口袋的确切尺寸。猫一直试图搞清楚，但口袋实在是太大了，夜晚的时间也有限，猫每天只能探索一部分。天一亮，口袋就会消失。

到了晚上，猫就在眼睛里点亮了照明灯，两只眼睛，一边亮起一盏绿色的灯。纵使周围一片黑暗，猫还是看得见所有，能清楚地定位，做想做的事情。猫能看见，不是通过照亮周围的环境，而是通过照亮自己的眼睛。猫眼通宵达旦地亮着，不耗电也不耗费体力。

猫若停在原地不动，口袋便随之立马变得非常非常

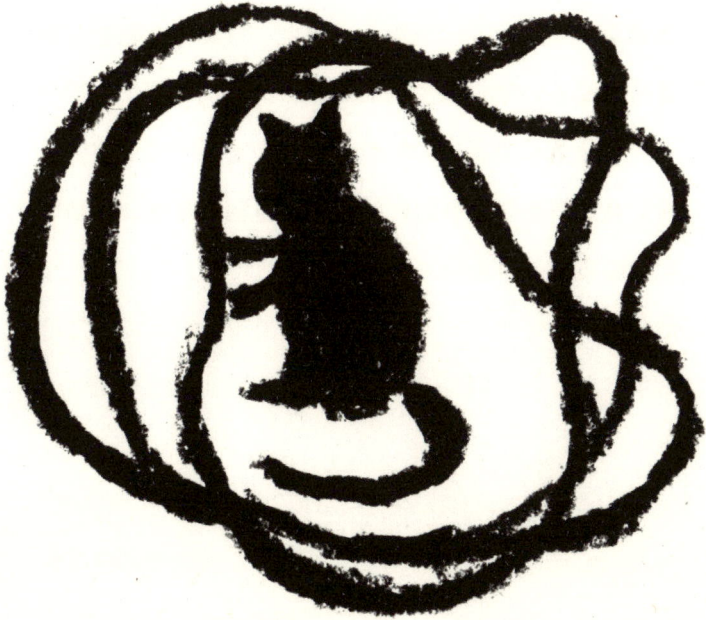

大；猫点亮眼睛里的灯四处走动、跳跃，一颗钉子、一个打火机、一把剪刀都有可能被猫触碰……猫接触到的每一个东西都是口袋的边界。猫在黑暗中摸索，用身体去测量口袋的大小，每抓一次沙发，打翻一个器物，弄乱一本书……可以说都是碰到了口袋壁的结果。这是一个可大可小的口袋，大的时候把世界上所有东西都装进去，且还有剩余；小的时候则紧贴着猫的皮肤，猫稍微一动就碰到了口袋壁。

# 12
# 烧开水

猫经常发出咕噜咕噜的声音，像一个圆鼓鼓的烧水壶，装了满满当当的水。只要我把手放在它的肚子揉几下，就会有神奇的事情发生。

猫烧起了开水，发出咕噜咕噜的声音，如同我的手拧动了天然气开关，火焰腾腾地在猫肚子里跳跃，加热那只圆鼓鼓的开水壶。不到两秒钟的时间，水就烧开了，沸腾起来，冒着大大小小的泡泡。

开水烧好了，猫双目微闭，进入了睡眠状态，咕噜声也变成了轻微的鼾声。水如果装得太多，之后就会随着猫的嘴角流出来。

可不能让烧好的一壶开水白白流走，得把开水倒出来，冲一杯饮料或咖啡也是很好的事，味道跟平常一样。更重要的是得去一个暂时没有猫的房间，独自享受一会儿。毕竟猫对气味敏感，要是闻到了好吃好喝的东西，又会跑来围着打转，纠缠不清。

猫独自待着的时候从来不烧开水，烧来也是浪费，它不喝，它只喝我给它倒的水。猫更喜欢流动的水，一听到水龙头哗啦啦的声音就飞奔过来，伸出舌头接水喝，吧嗒吧嗒，比喝一碗死水要尽兴多了。

猫一肚子的水，大多都是我在用，不仅可以烧来喝，冬天的时候还可以烧来烫脚，把脚伸进热水盆里，一个小水泡从脚底板蹿上来，像猫没有来得及打的饱嗝。即使不倒水，只把双脚伸到猫肚子下，也能充分得到猫的热量，过不了多久脚就暖和起来。

猫肚子里的水从来不换，水既不会变少也不会变质。这些水怎么都用不完，刚倒出来，水位就在同一时间又

　　涨回到原来的位置。猫的肚子更像一口古老的深井，永
远有打不完的水。

　　猫烧水的时候不像普通的烧水壶，壶嘴会冒出白色
气体。猫只是肚子有节奏地上下起伏，像有什么东西在
里面动。把耳朵贴在猫肚子上，会清楚地听见持续不断
的轰鸣，像是有一台大水泵在工作。怪不得猫肚子里的

水取之不尽用之不竭，原来偷偷在身体里藏了一台水泵。

水泵开始工作时，猫肚子里就冒起水花，一边抽水一边烧水，咕噜咕噜响个不停。丈夫第一次听到这个声音，着实被吓了一跳，还以为猫发怒了，要对他进行攻击，吓得他丢下猫便逃之夭夭。我在旁边笑得不行，告诉丈夫猫咕噜咕噜其实就是舒服舒服的意思。

丈夫将信将疑，把耳朵凑过去一听，果然如此，猫还十分慵懒地亮出了洁白的肚子。丈夫轻轻地抚摸它，猫又一次咕噜起来，三十几度的水壶装着一百度的开水，水从未往外溢，壶也从未被烧坏。

# 13
# 抱猫取暖

丈夫来自北方，每到冬天就抱怨我们南方没有暖气，冷得刺骨，仿佛南方的冬天都汇聚在骨缝中，冷风和湿气同时往骨头里钻，就好比里面开了一个冰糕厂，让人打哆嗦。

回到家，房子里灌满冷气，风无孔不入。丈夫缩成一团，脸色苍白，一声不吭。我抱着猫，坐在丈夫旁边，我们都没有说话。这点儿寒冷对我来说根本算不上什么。猫在我双手的抚摸下安静地睡着，热量逐渐从我的手指开始向周身传递，身子解冻，慢慢暖和了起来。猫趴在我的腿上一动不动，如同一个热水袋。猫身体的热量很高，它把热量传给我，抵消了我身体的冰凉。

我想把猫递给丈夫，让他也暖和暖和，我抱着猫晃了晃，只听见猫肚子里的水拍打肚囊皮的声音，像海浪拍打海岸。多神奇的猫！原本是个烧水壶，现在又成了一个热水袋，性质上差不多，只是热水袋摸上去手感更柔软、舒服，真想一直抱着不放手啊。

丈夫接过猫，急忙用脸去贴着它的肚子，手顺着猫毛轻轻地抚摸。我看见丈夫的脸逐渐红润起来，表情也从僵硬恢复到自然。

猫解冻了丈夫，丈夫回归了正常。我想把猫要过来，但为时已晚，丈夫不愿意再把猫还给我，双手紧抓住猫，生怕被抢走，独自一人霸占了热水袋。

抱猫可以取暖。就算不抱着猫，由于猫在家中四处走动，也会把热量散播到各个角落。作为一个移动的热水袋，用不着充电，也用不着往里面灌水，猫会利用烧水壶的功能把身体里储存的水烧热，只要人有需要，就

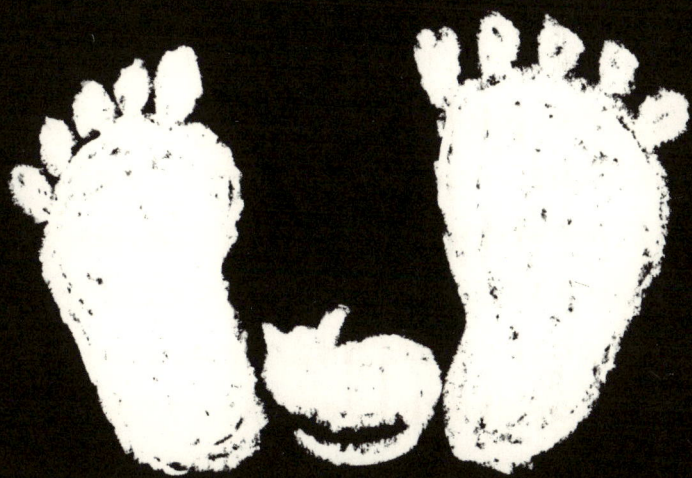

会立马咕噜咕噜开始工作，二十四小时保持恒温，任何时刻抱起猫都会觉得无比温暖。

胀鼓鼓的热水袋在地上经过，所到之处留下一条温热的道路。

猫尽管会自动加热自己，但还是经常钻进我的被窝取暖，用它那丝绒般的皮毛贴着我的脚板心，我一点儿也不觉得痒，反而格外舒适。猫无意识中接近了我身体上最冷的部位，体贴地把热气堆在我的脚边。尤其是在冬天，猫每晚都睡在我的脚边，脚暖和了全身都暖和了。当我的周身都热起来以后，我和猫便开始互相传递热量，弥补彼此身上缺失的温度，让体温达到均衡。这样一来，猫不仅没有失去热量还得到了更多的热量。

猫在白天也会钻进被子里睡觉，一睡就是一整天。如果看见平铺的被子鼓出来一个包，十有八九是猫在里面睡大觉。掀开被子，猫蜷成一团，懒懒地扫了我一眼又闭上。把手插入猫与床之间的缝隙，立刻会感到烘烤的温暖。我担心持续这么高的温度会不会把猫烤熟，也许猫本来就是被烤熟的，不然怎么会一直热气腾腾的呢！

# 14
# 私有财产

人嘛，有很多缺点，经常自以为是，显示出人类的优越感。我也不能免俗，妄想把猫划归为自己的私有财产。猫是我捡的，我平常管它吃喝拉撒，猫就是我的，必须听我的指挥和摆布。

我对猫发出一些所谓主人的命令，令它乖乖待在我身边，不能走开，任我抚摸；当它睡觉的时候，硬把它叫醒，陪我玩儿……猫没法反抗，因为力气确实不如人，我一伸手就把猫提了起来。但猫一度不配合，总是伺机逃跑，要么摆出一副臭脸，透露出极为少见的不屑和藐视，让我玩耍的兴致瞬间全无，甚至让人感觉到一阵卑微，猫的表情好像在说："哼，陪你耍就是对你的施舍！"

要做猫的主人，简直是痴心妄想。

猫经常不理我。哪怕它就在我面前不到一米的距离。我喊它的名字，多遍，它也只是把前爪揣在胸前，头偏向一边，无动于衷。猫趴在我经常坐的椅子上，占领了我工作的位置，假装没听见我喊它，把我当成空气。

猫除了霸占我的椅子，还霸占我的枕头，让我无地方可睡。我只好在原来的枕头下面放一个小枕头，猫睡在我的头顶，熟睡中踢我一脚，把我硬生生踹醒。猫还占领了床铺、沙发、工作台，还有我的丈夫。它把丈夫抢去作为自己的窝，安然地躺在丈夫的双腿之间，卖萌撒娇。丈夫用手指跟猫做游戏，逗它开心，整个人都被猫吸了进去。当猫在丈夫身上睡去，丈夫不敢轻易动弹，说话的音量也变得很小很小，生怕吵醒了猫。

猫整日作出一副主人家的样子，到处霸占领地，谁也不敢得罪它。猫不喜欢别人强行抱它，除非它主动走到你身边。它每天到我和丈夫的身上蹭啊滚啊，目的是确认和盘点自己的财产，检查我们是否完好，供它盘剥。

在与猫的暗地较量中，我们败下阵来。丈夫把一家之主的位子心甘情愿让给了猫。自从猫当了一家之主，我和丈夫像被设置了某种开关。猫需要我们的时候才会出现，才能摸到它；猫不需要我们的时候，怎么都找不到它。应该是猫把我们变没了，它要享受独处的时光；猫饿了，按下开关，我得马上跑去给它倒上满满一碗猫粮；猫吃饱了，又按下开关，我可以消失了。我对猫百般讨好，拿出它最爱吃的东西诱惑它，试图得到猫的好感和依赖，希望它在身边多停留一会儿。可是猫一点儿也不领情，吃完舔舔嘴，大摇大摆走了，按下开关，说让我消失就让我消失。

说到底，我也只不过是猫的私有财产。

作为猫的私有财产，每次回到家，猫都会把鼻子凑

到我身上闻一闻，例行检查，看是否带有陌生气味。如果我身上留有其他猫的气味，那麻烦就大了。猫会生气、走开，几天都不理我。

# 15
# 气体猫

猫冲向一股水流，它从未想过要在一摊液体中寻找自己的形态，只出于本能，与液体别无二致。猫很快就消失在我的视线里，哗啦啦的水还流着。

猫流到书架，流到餐桌，流到写字台，流到衣柜，流到床上。何以确定那是猫？因为它最终流向了我，我裸露在外的皮肤变得湿漉漉，一定是猫在用舌头舔舐。水做的舌头，也想将我融化成水。

午后，我和猫一起在屋子里流动，阳光照到哪里我们就流到哪里。软体身躯蜷曲成各种好看的形状和难看的形状。猫自始至终都比我容易成形，我不羡慕。

　　我成为一个庞大的容器也好，猫在里面开始各种表演。一会儿变薄，一会儿变厚；一会儿变粗，一会儿变细；一会儿变大，一会儿变小；一会儿变圆，一会儿变扁；一会儿它变成一只真正的猫，一会儿什么也不是。

　　猫把自己变没了。

　　我到处找，从客厅找到厨房，从厨房找到阳台，从阳台找到卧室，从卧室找到水池。我唤着猫的名字，猫不管叫什么名字，最后都只有一个名字：咪咪。

咪咪——咪咪！

猫没有回应，太阳正热烈，光线照到我呼唤的名字上，亮闪闪的光圈在眼前晃动，紧紧地抓住空气往上攀爬。不多时，就爬到全城最高的楼顶尖尖。光圈由七种颜色组成，合在一起是透明的。可爱的、透明的光圈，我看了好久，直到光圈越变越淡。

喵喵——喵喵！

猫又出现在我面前，我忙问它去哪了。看到它身上还在飘摇的毛，我突然明白，刚刚那光圈就是猫。固体猫流淌成了液体猫，液体猫蒸发成了气体猫。现在，它还原了。

# 16
# 做梦

我经常梦见猫，有时候是认识的猫，有时候是不认识的猫。有时候认识的猫和不认识的猫一起出现。梦里的猫数量越来越多，在我的梦里过于拥挤，有的猫就挤不进我的梦，有的猫挤进我梦里了，我却对它们没什么印象。

幸好还有一些猫让我印象深刻，第二天醒来，梦消失了，但它们还停留于我的脑海，就像幕布撤去，演员还站在舞台中央。

那些猫的模样是十分清晰，它们在梦里做过的事我都可以复述一遍。我告诉丈夫我又梦见猫了。丈夫贴到我耳边悄悄说可千万不要被我们家的猫知道。

我接二连三地梦见猫，却不知道猫会不会梦见我，心里存有这个疑问，很久很久，一直挥之不去。我问丈夫有没有办法可以知道猫会不会梦见我，丈夫说你问问猫吧。我说要是可以问猫，我还问你干什么！丈夫说那你去把猫的脑袋抠开看看嘛！我白了他一眼。丈夫笑了，说刚刚是在开玩笑，又说他确实有一个办法可以解决这个问题，而且既不伤害身体又相当容易实施。

丈夫说的这个办法就是我跟猫同时睡觉做梦，然后将我和猫的梦连接起来，变成一个相通的梦，一个更大的梦，一个梦的整体。我经过一个连接梦的通道走到猫的梦里，便可以知道我是否出现在猫的梦中。猫还能跟我交换彼此做梦的空间，它到我的梦里，我到它的梦里。

当天晚上，我就准备试一试。

我按时上床，猫也紧跟着我跳到了床上，猫照旧睡在我的枕头上，我睡在枕头下方。但为了能将梦有效地

连接到一起，我把猫调了一个方向，让它的头贴着我的头。猫并没有拒绝。

我轻轻抚摸猫的毛，不一会儿猫就咕噜咕噜睡着了，咕噜声很快也将我催入了睡眠之中。

不知道什么时候，我听见一只猫喵喵叫的声音，我寻循着那个声音的方向寻找，眼前蹿出来一只从来没有见过的猫。那只猫看了看我，便跳到我的前方，带领我走进一条很深很暗的隧道。猫小跑着，我也跟着它小跑着。

不知道跑了多久，前方终于出现了一点白光，没猜错的话应该是个出口。我们继续向着发光处小跑，靠近那个光源时，那只猫瞬间不见了。我心里咯噔一下，生出一丝怯意，还好离出口很近，我加快速度往前迈大步跑过去。抵达出口，顺眼看去里面是一套房子，跟我家的房子一模一样。只见丈夫在房子里，正在做一月一度的大扫除，一边打扫一边埋怨猫在他的电脑键盘上拉了一条三十厘米长的大便。

我四处张望那只猫的下落，却始终不见它的踪影。突然有人背后在喊我："喂，你在那儿东看西看地干什么啊？"我吓了一跳，回头看，哪有什么人来，连刚才做扫除的丈夫也不见了，那只猫不知何时蹲坐在电脑旁，正对着我冷笑。

# 17
# 猫的黄昏

黄昏开启了一天的尾声，天空的明亮度调整到了肉眼可直视的范围，不再觉得晃眼。此时，整个黄昏的重量都落在了猫的腹部。猫不觉得沉，反而亮出肚皮，完全接纳。

猫睡了一下午，吸收了午后太阳的热量，所有的热气都堆积在猫的腹部，这是猫积攒的巨大财富——闪闪发光的金子。它用这些热量去兑换一小缕黄昏的橘色霞光。那光线松松软软，正符合猫皮毛的质地。

太阳已在一天中消耗殆尽，只剩下些残片被云层支撑起来，到处都散落着太阳的碎片，成为无数个红色光斑。

　　猫成功地将残阳引入室内。它把太阳的碎片碾成更细小的晶体，不声不响地铺在地板上，形成不规则的几何图形。猫挨个睡在不同的几何图形中，相对于没有铺上图形的地方，猫更喜欢暖和的铺有图形的地方，像地毯一般，且有来自太阳的原本热量和数不清的细碎局部，小到细碎的晶体，小到看不见的分子。猫把身子全部摊开，在每个图形中摆出慵懒的造型，猫被框在了图形中，又没有完全被框住。图形在猫的身体上盖了一层像被子一般的薄片。

　　黄昏在下沉，图形在移动，猫也在改变自己的位置。

　　猫之前反复打磨趾甲，就为了在一个寻常的黄昏，向空中挖出一个小小的洞穴，用它们来盛装太阳的热量，时而多时而少，时而远时而近，若即若离，正好符合猫的本性。猫也知道地球始终在转动，太阳总是日复一日地出现，它遇见黄昏的机会甚多，每个机会都均等。

何以让每个黄昏都显得与众不同，跟别的黄昏不一样呢？猫的心境大概起了决定性的作用，让这些普通得不能再普通的黄昏，变得如此特别。

心情好的时候，猫甚至可以把黄昏延长三米，太阳抵达地平线，还须往下降三米。仿佛这一天的夜晚会被缩短三米的距离，换算成多少时间估计只有猫才知道。

猫所做的一切都为了让我和丈夫，在天黑之前能够回家。如果我们回家晚了，天就黑得晚；如果我们回家早，天就黑得早。猫在我们回家之前，尽力保护用夕阳制作的图形不消失，好让我们换上拖鞋，踩过它摆好的几何图案。

就算那些图形实在要消失也没关系，因为猫早就挖好了洞穴，只要空气中的洞穴在，热量一直储存在洞穴里。我们回来得再晚，都能感受到房间里保留的黄昏的余温。

如果我们恰好在黄昏准时回家，这是猫最为高兴的事情。它就可以尽情展示精心设计的图景，而不用等到下一次。

这时，猫跳进人的怀抱，人进入落日余晖。

# 18
# 飞行

两分钟前，住在五楼的猫咪从窗户一跃而出。

一声尖叫像鱼刺般卡在我的喉咙里，没有抵达空气中，四周依然是静默的。我张大嘴，僵硬地站在原地，只有眼珠随着猫飞跃的路线移动，短短几秒钟，好像度过了几年。

我的脑子里快闪过好几个不同的画面，一个比一个惨烈，汗毛不自觉立起。我眼睛里看见的是过程，脑子里出现的是结果，一个过程对应无数个结果，最后会跟哪个结果拼接，连接成一个完整的事件，我无法预料，也不敢往下想。

我把眼睛睁得更大，那只大猫正好划过我的头顶，它伸展四肢，仿佛前腿和后腿之间长着隐形的翅膀，只要绷得足够紧实，就能被气流载着，平稳地向前滑行。猫爪子之间本来就有一层类似蹼一样的薄薄的皮，整个过程它都使劲张开脚趾，乘着风滑翔。

毫无疑问，看到这个画面的时候，我认为猫是一种会飞的动物，并且它会这样一直飞下去，如果它不想停下来便不会停下来，如果它不停下来，我脑子出现的结果永远都不可能发生。我希望它永远这样飞，像一台永动机，不会失去动力。

有那么一瞬间，我感到了这种飞的轻松和容易，甚至都不必知道飞这件事为什么会发生，猫为什么会夺窗而出，而不是走楼梯，或者坐电梯。

我着了迷似的盯着猫看，把几秒钟的时间延长，延长到猫一直没有落下来。至于猫会飞往哪里，何时降落，我并不关心，我所关心的是，猫在飞。

实际上，猫很快就变成了一个匀速运动的自由落体，飞的路线弯成了一个抛物线。猫触碰地面的那一瞬间，我还是忍不住闭上了眼睛。我以为眼前的画面会随着猫落地的那一刻而碎掉。

我慢慢睁开眼睛，画面却没有破碎，猫也完好无损。它眼中闪过一丝不经意的惶恐，很快就不见了。它环顾周围的环境，遵循一条无序的路线消失在我眼前。

是飞保护着猫，我猜，但不敢确定。我低头看了看表，七点五十五分，在这个醒得过早的清晨，想睡回笼觉却睡意全无，于是决定出门溜达，离我最近的菜市场应该也开了吧，我猜，但不敢确定。

我提着菜回到楼下，听见有人议论早晨发生的那一幕。人们纷纷讲述他们目睹一只猫以怎样的姿势飞过窗口，像讲述一个传奇故事，故事有起承转合，最后落到对猫主人的讨伐上。我提着菜，和大家一起走进电梯，我屏蔽了人们对猫主人谴责的声音，捕捉到了大家对猫飞过自家窗口的描述，在头脑中迅速拼接出猫飞行的完整画面。我站在电梯里，随着电梯的上升也飞了起来。

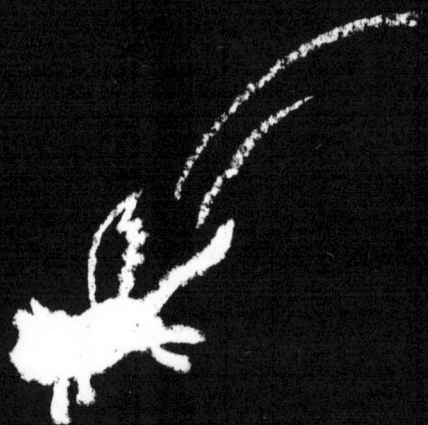

# 19

# 猫耳朵

　　一天之中，猫的耳朵正向转一百八十度，反向转一百八十度，一共转了三百六十度。猫耳朵转了一个圆，或不仅仅是一个圆，而是 N 个圆，最终使得猫听见的声音也是圆的。所以，各种声音都围着猫环绕，不管猫走到哪里，那些声音都像是长出了手脚，自动抓住猫耳朵上的绒毛。但凡有一点儿响动，都能惊动猫。

　　猫能听见的声音，很多是人听不见的。猫的两只耳朵转动着，像两只小雷达，四处收纳信号。猫在毫无征兆的情况下，突然警觉起来，它的身体一节一节地扭动，尤其是脖子，好像有几百个零件同时活动。猫的耳朵把接收到的声音传递到周身，通过身体的动作、瞳孔的伸缩反映出来。

猫对声音的敏感，为猫创造了很多打发时间的事情做。它每天都要追逐那些人类听不见的声音，以此当作游戏。猫独自在房间里冲进冲出，累得上气不接下气，却看不见它具体在追逐什么，或在跟谁玩耍。这个神秘的不速之客，跟猫到底是敌是友？它到底是谁？着实让人好奇，好奇那玩意儿到底长什么样子，何以如此吸引猫，并把猫变成了无厘头且好斗的模样？

我暗中观察，却没有发现半点儿蛛丝马迹。唯一知道那东西存在的依据是，原本好端端的猫，会瞬间性情大变，一惊一乍，让人摸不着头脑。仿佛危机已经降临身边。猫追赶它们，将它们逼到死角，或它们追赶猫，把猫逼到死角。

猫的左耳朵和右耳朵相通。每次告诉它不要再跑了，安静一会儿，那些话就从左耳灌进右耳，然后从耳朵里

彻底跑了出来，溜之大吉。猫从来没有听过我的话，也不会放在心上，继续在家里疯跑。我只好安慰自己，猫听不懂我说的话。

猫不仅左右耳相通，耳朵上还安装了一个门一样的东西，把所有它喜欢的声音都关在了耳朵里面。比如开罐头的声音、冲马桶的声音、开门的声音……只要猫一听到这些声音，便欢呼雀跃地跑来，然后进入另一番快乐的状态。猫把喜欢的一切声音都关了起来，成为独属于自己的对事物的一种辨认方式。

猫特别喜欢风，因为风会吹来各种各样的声音，有的猫想听，有的猫则刻意让风吹走。如同定期的跳蚤市场，任凭猫挑选。猫是万分挑剔的客人，不是每次都能选到喜欢的声音。但是爱玩儿的猫希望风每次都会来。

猫有时会掏出耳朵里保存的声音展示给风，风旋了一圈，成圆形，表示这次也带了同样的声音来。猫听见了，就跟着风跑了去。风比猫跑得快，猫想要追上风。风把猫喜欢的声音放在罐头上、马桶中、门缝里，猫找到了匹配的声音，它跳起来要抓住那些声音，内心充满了对风的感激。

猫的快乐从内耳传递到外耳，再从外耳传递到风中，它让风感受到自己的快乐，让风把快乐带到别的地方。风还没来得及走远，快乐就被四面八方来的陌生的风瓜分了。

猫觉得这样也不错。风和风没有什么区别，就像快乐和快乐，都是快乐。

# 20
# 藏猫猫

之前有人问我猫会无聊吗，我说不知道，从来没有留意过。自那以后，我开始有意观察猫每天的生活，发现它几乎所有的时间都花在睡觉上。

许多次，猫从客厅的这头走到那头，十几米的距离，中途要躺下好几回，看见它上眼皮快支撑不住往下耷拉，困得不行了，若不故意叫它，不到一秒钟它就会睡过去。

也不知道猫哪儿来那么多的瞌睡，据说猫一生中百分之七十的时间都是在睡觉中度过的，真是让人羡慕啊。对我而言，能睡饱觉是一件多么奢侈的事！我经常失眠，躺在床上翻来覆去，像一块肉饼在锅里烙。而猫几乎一秒钟就能睡着。要是能够分点儿瞌睡给我，猫少睡一点儿，我多睡一点儿，那不就刚刚好吗？

趁猫睡觉的时候，我用手指头去戳它，它微微睁开眼睛，看见是我，又放心地把眼睛闭上，换一个姿势继续睡。我再戳，它还是那样子，对我视若无睹。我继续戳戳戳，几次三番，把猫戳醒了，猫忍无可忍，只好站起来，拱背伸个懒腰，慢悠悠地走了，完全无视我的存在。

为了躲避我的捉弄，猫重新找了一个地方睡觉。每次猫换新的地方我都不能马上找到。猫恨不得把自个儿藏起来，猫想方设法藏，我想方设法找，像是在玩藏猫猫。

猫藏在隐蔽的地方，蜷成一圈，闭眼小憩或睡大觉，绝不发出一点儿声音，也不容易让人发现。抽屉、衣柜、床底、门后都曾是猫的藏身之所。猫藏起来，如果不是饿了或听见有什么响动，它是绝不会现身的，就算藏一天也没有任何问题。不过有我在家，猫怎么会藏一天呢？

我一定不能忍受猫长时间不在我的视线范围内。过不了一会儿，我就要把猫找出来。找不到猫，我就心里发毛、焦虑不安，变得像无头苍蝇一样在家里乱转，到处找猫。

归根结底，无聊的是我，不是猫。

想要找到猫的心情在找不到猫的时候最急切，最怕在需要猫的时候连猫影子也没有。猫换了新的藏身之所，像以前一样，它一旦发现藏身的地方被人找到，就会换一个新地方。

猫有时把自己藏得太深，我根本找不到它，就连猫自己也找不到自己。有几次，猫到了很晚才出现，饿得双眼无神，看见猫粮就跑过去狼吞虎咽吃起来。我想一定是猫在新的藏身之地迷了路，费了很多力气才找到回来的方向。

我帮着猫找过它自己，找累了也没找到。我瘫在沙发上休息，视线扫过电视柜，无意间看见柜子底下探出了一条毛茸茸的尾巴，左右跳动。我条件反射地一下从沙发上弹起来，扑过去抓住那尾巴。猫奋力逃跑，两股

力量扭结在一起。猫与我各自向着相反的方向使劲，挣扎了一会儿，猫探出头来看，看清是我，那股挣脱的力量随即消失。猫放松下来，又恢复了以往的柔软。

　　猫找到了，我和猫都很开心。

# 21

# 猫一样的女人

有一天，丈夫说："我的妻子是猫一样的女人。"

听到这句话，作为妻子的我内心窃喜，设想接下来丈夫应该会说："我的妻子像猫一样独立、优雅、魅惑。"但是过了很久也没有听到丈夫说出这些话，他甚至什么也没说。他像从来不曾说过前半句话那样，自然也不会说出后半句话。

我只好多一点儿耐心等待，反正我们天天生活在一起，有的是时间。我没有主动询问，因为特别笃定答案会不问自来。我等啊等啊，内心的期待一点儿也没有减少，反而越来越强烈，到后来我把自己都想象成了一只猫，拥有像猫一样迷人的个性。有人喜欢拿猫作比拟，形容那些难以征服且捉摸不定的人。猫一样的女人应该是充满魅力的女人，但不轻浮浅薄，而是从内在散发出巨大的人格吸引力，让人想靠近，却又保持着恰当的距离。

女人总归是世界上最像猫的动物。作为猫一样的女人，应该足够柔韧，有足够长的耐心去等待一个答案。我不着急，慢慢地等。又过了很长时间，丈夫依旧没有透露出要说后半句话的迹象，好像完全忘记了这件事。我的耐心正在一点点遭受损耗，猫在我身上一些仅有的相似的品格都快被磨干净了。

有一阵子，我明显感到一只猫从我的身体里飞了出去，消失在空气中。我完完全全丧失了猫性，成天在脑子里胡思乱想，患得患失。我在想丈夫的行为意味着什么，为什么要把后半句话藏起来？

失去猫性以后，我的脾气变得很暴躁，容易生气，

一点就燃，状态变得紧绷绷的，自信也没了。看着镜中的自己，很难确定那是否还是我，看起来很像，却又不是我想要的那副模样。

日子一天天过去，猫从我身体里飞走以后，我变得越来越干瘪。有一天丈夫竟然冷不丁地站在我的旁边说："我的妻子是猫一样的女人。"说完便开始刮他的胡子，脸上敷满了白色泡沫，镜子里看不见他的任何表情。如果他不再提起这句话，我会让它烂在我的心里，当作他从来没有说过，时间久了就会慢慢消化掉。现在他又突然说起，依然绝口不提下半句话。怒火不受控制地从肺中蹿出，我气急败坏地说："你解释看看为什么说我像一只猫？"

我生气倒不是因为他像上次那样把话题戛然而止，而是我再也感觉不到自己是一只猫了。丈夫被我凶狠的语气吓了一跳。我的胸口的火继续燃烧，火势往上冲了一截，继续放大音量说："你不要说我是猫，我已经不是一只猫了。"

丈夫表现出一脸诧异，指着地面说："你看我们家到处都是你的头发，跟只猫似的，就属你和猫掉的毛最多。"说完对着镜子摸了一把自己的寸头。

我吃了一惊，脸颊顿时发烫，不好意思地把头埋下去，偷偷地笑起来，没有出声。就在那一瞬间，我感觉猫又回到了我的身上。

# 22

# 一朵黑云

　　小黑猫被朋友送到家里寄养一周。那是一只从头到脚无一处不是黑色的猫咪，皮毛黑得发亮，就连爪子和鼻头都是黑的。

　　小黑猫大摇大摆在我家巡逻，对一个新地盘进行探索，全不在乎这个地盘上已有了一只猫。它胆子很大，接触过其他同类，是一只见过世面的猫。反而我家大猫从没见过其他猫，它一向认为这个世界上除了它就全是人类，或者觉得自己就是人类的一员，从来没把自己当成过一只猫。

大猫看见小黑猫第一眼，惊讶、疑惑写在了脸上，它不敢相信竟然还有跟它差不多的生物存在。当它再三确认过后，气氛就紧张起来。两只猫嘴里嗞嗞地响，向对方发出危险的警告。

大猫突然有了强烈的领地意识。它不允许小黑猫在自己的地盘上走动。小黑猫进一寸，大猫就进一寸，一路跟随，伺机对这个不速之客发动进攻，想把它赶出自己的地盘。大猫注意力高度集中，眼睛没有从小黑猫那里挪开过，目光汇聚在小黑猫身上，仿佛要将那团黑黢黢的物体点燃。

两只猫僵持了整个白天，小黑猫一边闪躲一边忍不住对新环境产生好奇。大猫没有半点松懈，如临大敌。它俩一进一退，一攻一守，却没有真正打起来。

晚上，困意来了，我把两只猫留在客厅，自己进了卧室，关上门，睡觉。

到了半夜，猫的撕咬声从客厅传来，两只猫正在疯狂地你追我赶，把东西绊倒一地，丁零哐啷地响个不停。

我被这巨大的动静吵醒了，看时间才三点多。

我躺在床上犹豫要不要起来，听了一会儿，不见两只猫消停，只好起来到客厅去。它们根本不管我站在中间，依旧龇牙咧嘴。小黑猫除了两只眼睛能被看见发出绿豆般的光以外，其余什么都不可见，看不清肚子在哪儿，四肢在哪儿，尾巴在哪儿，像隐身在空气中，幻化于无形，如若黑色气体。唯一可见的是大猫在追赶一朵黑云，扑向一团黑云，貌似又扑了个空。

小黑猫的到来正如一朵黑云飘临我家上空。闪电从两只猫中间劈下来，雷声和暴雨随之而来，噼里啪啦，稀里哗啦……提前把夏日的雷雨天带到了我家。

之后的几个夜晚，我都会在午夜自动醒来，起床去看看两只猫的情况。从卧室走到客厅，差点被一个东西绊倒，我跟那玩意儿同时跳起来，各自发出叫声。原来是黑猫睡在了路中间，整个身体都跟黑夜融为一体。

经过几天的争执和打斗，猫儿们终于疲惫了，夜里逐渐变得安静。这一晚，大猫靠着夜晚最柔软的部位睡了过去，第二天醒来，它发现自己枕着的是小黑猫的肚皮。

# 23

# 弹簧猫

偶尔，猫是液体，无形、四处流动，比自己身体小很多的缝隙也能钻进去。猫更多时候只是一个聚成猫形的东西，它真正的形态恐怕未必有人知道。也没见过谁关心，很多人只希望拥有他们想要的猫的样子。猫真实的样子根本都不重要。

猫的形态在不断被发现，数量多，不固定，如果有意要去记录，也未见得能全部找到。幸好我是养猫而不是研究猫，错过了猫的一些形态也觉得无所谓，刚好碰到猫没见过的样子，就趁机看个稀奇。

不久之前，我便发现猫是一个弹簧。

我买了一台打印机。丈夫参照说明书安装打印机，研究了半天，终于在听见吱的一声后，确定打印机连接妥了。我迫不及待把一摞白纸放进去，白纸顺利地滑入，再次从机器钻出来的时候已经布满了密密麻麻的黑字。

打印机发出刺啦刺啦的声响，把猫也吸引了过来。猫有生以来第一次见打印机，对这个坚硬方正的大家伙表现出好奇，它走近，想用鼻子嗅，但还是警觉地绕到我的背后，继续观察这个新来的怪物，再度确认它是否无害。

第二轮打印开始了，机器又发出刺啦刺啦的声音，猫往前走了一步，近距离目睹打印机工作，竟被吓得倒退了几米，不敢往前。

它蹲坐着，一脸惊慌。

我想告诉猫，这并不是一个可怕的东西，用不着躲闪。便把打好的 A4 纸往猫面前递送，目的是让它闻闻，排除恐惧。没想到这个动作反而像触发猫的某

个按钮。

猫瞬间跳起半米高。四脚同时离地，就像一个弹簧在压力的作用下，弹向空中，速度极快，距离很高，让人惊叹。猫落下来时，四只脚稳稳地扎在地上，一瞬间它又退到更远的地方。我连忙伸手过去安抚它，没想到猫再次弹了出去，这一次我实在没忍住哈哈大笑了起来。

猫弹出去的画面实属罕见，从未见猫如此神经兮兮，弹那么高那么远。我的脑子顿时出现一只弹簧猫。外表是猫的样子，身体的内部结构却是一圈一圈地绕起来的嵌入肉中的弹簧。

猫静静地趴在某处不动，我就认为它是在积蓄体内的弹力，如蓄电池一样把弹力储存起来，等到需要的时候才用。

弹簧猫并不十分常见。撸猫时也不会感觉到有弹簧存在。猫受到惊吓，才会启动这个功能，把自己弹射出去，逃离危险的地方。猫的身体里藏着一个弹簧按钮，就像一个被埋藏了许久的秘密，触发后猫才会变成弹簧猫。没有人知道按钮在哪里，只有猫知道。平时看到猫的形态软软糯糯，可以被揉捏成各种各样的形状，哪知道肉里却藏着这么一个不为人知的机关。

# 24

# 镜中

丈夫买了一面长方形的穿衣镜，放在卧室，靠墙。

猫经过了一次、两次、三次……都没有发现。直到有一次，它面对镜子走过去，意外地发现镜子里也有一只猫在朝它走来，它停了下来，直愣愣地注视对方，那好奇而略带敌意的眼神不亚于一开始见到小黑猫时的样子。

镜子里的猫眼睛也发出同样的目光——警告对方。猫紧接着往后退了几步，那只猫也往后退了几步，猫拱起背，那只猫也拱起背。猫忽然意识到了什么，猫毛爹起，向对方示威，谁知那猫同一时间也将毛竖立起来。猫有点儿惊慌，迅速调整到战斗状态，做好准备，向那只猫冲过去，起跳，伸出爪子，朝前狠狠地一刨，玻璃被磕得哐当一声，猫爪子搭在了玻璃上。

猫落地，左看右看，那只猫右看左看。猫想继续攻击，发现仍旧够不着对方的身体，猫疯狂地抓镜子，另一只猫也开始疯狂地抓镜子。玻璃被抓得乒乓响。

猫突然停了下来，放下前爪，盯着镜子。两只猫互相专注地盯着对方，眼神逐渐变得柔和。它偏头，那只猫也偏头；它眨眨眼睛，那只猫也做一模一样的动作。猫四处张望，最后又望回镜子，眼神已经完全呈现自然呆萌的状态。它凑近鼻子闻了一下对方，没有其他味道。猫放松了警惕，朝镜子又走近一步，脑袋往前伸，试图去蹭对方的脖子，另一只猫也开始蹭起来，两只猫互相蹭着对方，眯起眼睛享受了一会儿。

猫慢慢睁开眼睛，还是觉得触感哪里不对劲，于是直起身子开始仔细地观察。猫发现，无论它做什么，那

只猫都朝相反的方向做同样的动作，节奏、速度、幅度都一模一样。

猫嘴里发出疑惑的叫声。也一模一样。

猫仍不肯放弃，再一次把鼻子怼上镜面。这次一定要闻个仔细，鼻头不停地收缩，把镜子，包括镜子的周围都闻了一圈，还是没有另一只猫的味道，反而闻到了自己身上的味道。

猫在原地等待，等待它想象中的奇迹发生。那只猫也在等。等啊等，等到猫的身体逐渐软了下来，张开四肢，睡到地板上，亮出肚子，舔胸前的毛。

自那以后，猫每天都会去镜子前照很多次，眼中的敌意消失了，取而代之的是一种迷离的眼神。猫在镜子前停留很久，越看越觉得喜欢。

过了一阵，丈夫把镜子挪到了另外一个房间。猫一时半会儿没有找到，眼前留下一睹雪白的墙壁让它发怵，它闻了闻墙壁，用爪子挠了几下，走开了。过了一会儿再来，看到的还是一堵墙。

猫整整花费了一天的时间，才找到那面镜子新的位置。它蹲在镜子前，目不转睛地凝望镜子里的那只猫，沉浸在自己的世界。

# 25

# 猫絮纷飞

丈夫之前说女人掉头发简直就跟猫掉毛一样，到处都是。

可是，在我看来猫毛跟女人的头发完全是不一样的两种东西。不要以为都是毛发，每天都在脱落，二者就具有可比性。头发始终是死板的，掉在地上，散落一地就彻底地失去了生命。没有种在毛囊中的头发都是一堆死物，而离开猫身的猫毛却又成了新的东西。

猫毛从不以独有的一根为单位，经常是成团成结地缠绕在一起，加之它质地轻盈，像丝绒一般，还可以满屋子到处飞。几乎每一天，猫的毛都会自然脱落，轻易地飘在空中，类似柳絮和杨絮，我把它称为猫絮。

不是所有的柳树和杨树都会长出絮状物，但所有长毛的猫咪都会长出猫絮。严格说猫絮是一种自然现象，而非人为制造。尤其是春秋两季，猫絮成片地脱离猫身，独立飞行，就好像它们携带着猫的种子，要去另外的地方播种繁衍。

飘在空中的猫絮特别好看。它们在空中飞一会儿，飞累了就停下来，没有空气流动的时候也会停下来，或者不小心被灰尘搭了趟顺风车，重力超过了猫絮的承载力同样会停下来，掉到地上。

丈夫看到满地的猫絮，就会拿出吸尘器，一一逮捕它们。大多数猫絮都逃不过丈夫的追捕。但仍有运气好的猫絮幸存了下来，降落在家中看不见的角落。

掉到地上的猫絮已经无法被猫识别。猫看到猫絮只会视而不见，有时还会误以为是什么可以吃的东西吞进肚子。它已经认不出猫絮来自自己的身体。如果猫絮碰

巧交织成一坨毛球，猫兴许会提起兴趣拨弄几下，充其量也只是当成玩物而已。

猫不断地产生猫絮，产生的瞬间也是遗忘的瞬间。猫毛脱离毛囊的时刻，记忆也跟着切断，所以猫絮也像没有记忆和方向似的到处乱飞，只是再也飞不回猫的身上。

最倒霉的莫过于那些还没有飞远就被吸尘器吸走了的猫絮，它们作为猫絮存在的生命有时候只有几分钟。

猫絮的命运不尽相同，运气好的话，猫经过离窗户很近的地方，猫毛瞄准时机奋力挣脱猫身，便可以成功逃离出去。除此之外，更多的猫絮采取了另一种出逃办法，吸附在人的衣服表面，人出门的时候顺势便带走了猫絮。

我的衣服上经常粘着非常多的猫絮，特别顽固，怎么也清理不干净。但是满身的猫絮又无形地向别人传达了某种信息，不分季节和时间，很容易就让旁人知道我家里养了猫。随之，便可以开启一段有趣的话题。猫絮非但没给我带来烦恼，反而还增加了别人对我的好感，我们总是因猫絮而谈论起猫，爱猫之人总是那么惺惺相惜。有时候我们各自带着自家的猫絮出来见面，看到彼此身上的猫毛，很有默契地会心一笑。就在攀谈的过程中，猫絮从彼此的身上脱离，交换了寄身之所，最后我带着别人家的猫絮回到自己家，别人带着我家的猫絮回到他的家，如此一来，猫絮也算是完成了一次新的传播。

# 26
# 追尾巴

猫有一条连它自己都不太了解的尾巴，藏于身后。

这条尾巴从屁股的位置延伸出来，毛茸茸的。猫在长大，尾巴也在变长变粗。猫像没有察觉自己长大似的，也没有察觉背后甩着一条大尾巴。它只是隐约感觉背后有什么东西在跟踪自己，一回过头，尾巴垂落，猫什么也没看见。

猫始终没发现背后有任何东西，几次三番，慢慢就习惯了这种感觉。

猫也不会专门回头去寻找尾巴，偶然回头一次，尾

巴以为猫在跟它玩耍，便迅速躲了起来。久而久之，尾巴就像跟猫分离了似的，自成一体，猫是猫，尾巴是尾巴。

猫甚至从不觉得自己有一条尾巴，尾巴也从不觉得自己属于猫。

因此，尾巴看起来经常不受身体的摆布，自顾自地晃动，就连猫睡得呼噜连天时，尾巴仍旧没有停下来，弹出去又收回，如同里面绷了一根橡皮筋，自己在跟自己玩耍。猫压根儿就没有被这种晃动惊醒，睡得非常深沉。那尾巴晃动的节奏仿佛是一种催眠术，左边一下，右边一下，嘀嗒，嘀嗒，嘀嗒……睡意紧跟而来。

有天猫跷起后腿，很认真地清理猫毛，舔自己的屁股，舔着舔着猫的头突然定在了半空，眼睛瞪得圆滚滚，顺着尾骨底部看向末端，一条长满毛的尾巴赫然出现在它的面前。猫愣了一会儿，目光呆呆的，由集中变得涣散。谁也不知道它想起了什么。过了很久猫才回过神，面对这个它不太熟悉的东西，脸上露出了惊愕。尾巴开始不受控制地摆动起来，没有规律，有时候是左右摆动，有时候是上下摆动，一幅扬扬得意的样子，挑衅着猫。

猫立刻用撑地的前爪抱住尾巴，开始撕咬，后腿企图去蹬，但是失败了，猫只好继续用嘴咬住尾巴，伸出舌头舔舐。

尾巴在猫的爪子中挣扎片刻，像蛇一样滑了出去。猫四脚着地，循着尾巴逃跑的方向追赶，嘴巴张开试图再一次咬住那条狡猾的毛茸茸的东西。它已经看到尾巴的末端，只需把头伸得更长一点儿就能够到。但奇怪的是猫头往前一点儿，尾巴就往后一点；猫头伸长多少，尾巴就缩后多少。为了咬到尾巴，猫加快了速度追逐，尾巴也加快了速度逃跑。你追我赶，速度越来越快，猫和尾巴形成了一个圆圈，在地上旋转。尾巴把逃跑的动力传递给猫，猫把追赶的动力传递给尾巴，两种动力相互补充，组合成一个永动机，乃至再也停不下来。

# 27

# 植物杀手

丈夫说家里有两个植物杀手，一个是我，一个是猫。

没有猫以前，家中大多数植物都能没逃过我的魔爪。只要丈夫出差一段时间，就会有植物奄奄一息。有的没撑过丈夫回家，率先一命呜呼。丈夫每次都很难过，会责备我。我感到很委屈，辩解说："我对他们什么也没做啊！"丈夫生气地说："恰恰是你什么也不做，才导致它们死亡。"

后来丈夫留了几盆性子耐的，再也不让我插手植物的照料。

　　可是万万没想到，他心爱的盆栽逃过了我这一劫，却又陷于猫的摧残之中。猫来到家中，立马超越我成了杀死植物的第一大元凶。我则庆幸这后来的惨景与我无关。

　　丈夫显得特别无奈，把猫举在胸前，妄图对它进行一番教育。猫睁着光圆剔透的大眼睛，弱弱地看着他，显出天真无知的样子。丈夫没有办法，只得把它放下。猫利用自己的可爱长相救了自己，而它确确实实真的救了我。如果不是有猫在，想必这剩余的几盆植物迟早要断送在我手中。

对猫而言，植物并非植物，不是用来观赏的也不是用来闻的，而是用来睡的。天气不错的时候，猫的心情也十分愉悦。它爬上花盆，躺在叶片上，肥溜溜的身子偶尔翻滚，让阳光均匀地洒遍全身。叶子连着枝在猫的身下，摩擦出窸窣的声音，像是在为自己念最后的悼词。猫全然不顾，心安理得地躺在上面，一睡就是一下午。当猫醒来的时候，叶子已经被压得全体趴在土里，无法恢复原样。

有时猫突发奇想，不知道哪里来的灵光，植物便成了它的敌人。猫冲过去，与它打斗、撕咬，表现得激动而亢奋，非要分出个你死我活。猫跨越不同的花盆与不同的植物搏斗，几个回合下来，让植物全军覆没。最后，一片狼藉的叶子和根茎散落在地面，猫像胜利者一样趾高气扬地离开战场。丈夫默默地将那些残兵败将的遗体扫进垃圾桶。他已把自己练就得面不改色，内心早就做好了迎接这一天的准备。

植物死去后，种过植物的泥土逐渐变得坚硬板结。猫仍然会趴在上面，继续把它当成床铺睡大觉，四肢伸长，在阳光下代替以前的植物进行光合作用。猫吸收阳光，在猫毛中产生诸多快乐的物质，猫用舌头舔了以后会感到快乐，人用鼻子吸入也会感到快乐，于是就忘记了猫杀死了那些植物，猫也忘记了植物被它杀死了。

# 28
# 对手戏

　　叽叽喳喳，叽叽喳喳，鸟儿隔着玻璃在窗外欢叫。猫听见声音，飞奔而来，显示出极大的兴趣和好奇心，嘴巴周围不停颤抖，眼光闪烁，欲将鸟儿扑下来。可惜鸟儿在天上，看着近，其实远，猫只能眼睁睁望着它们，爪子在玻璃上剐得嘎吱嘎吱。

　　鸟儿仍旧欢叫着，在窗外飞来往去。一会儿三两只结伴飞过，一会儿单独一只飞过……猫在窗台上极不淡定，左右扑腾，身体跟着鸟儿飞行的路径扭动，带有节奏感地摇头晃脑。鸟儿没有看猫一眼，猫却独自兴奋。

一时之间，窗台成了临时舞台，自然光代替镁光灯打在猫身上，毛发尖尖挂着亮晶晶的光点，密密麻麻地覆盖在猫的周身。猫如同披着一件镶嵌了钻石珠宝的表演服，皮毛闪闪发亮，像一个耀眼的大明星。

　　猫的嘴巴里发出的声音从喵喵声变成了吱吱声，嘴角更加急促地抽动，从平常的言说变成了歌唱，身体同时不自觉地摆动起来，呼应着鸟儿的飞翔，妄图把它们全部都吸引到自己面前。

　　然而鸟儿还是一遍又一遍地飞过，叽叽喳喳，叽叽喳喳，毫不理会猫对它们的任何召唤和吸引。

　　猫投入地表演着，使出浑身解数。它一会儿蹲坐凝视，一会儿扑向玻璃，一会儿用爪子刨向天空，试图以各种方式接近那些鸟儿或得到鸟儿的垂青。猫也希望爪子挥舞的时刻就会长出一对翅膀，飞到鸟儿的身边，和它们一起在天空中玩耍。远远看去，猫好似在跳一支优美的舞蹈。

　　猫永远也够不到鸟儿，但它始终没有放弃。以猫的聪明，说不定早就用颤动的胡须测量出了自己和鸟儿的距离，它无法逾越和触及，才是这场戏能演出的根本。猫由于入戏太深，一时半会儿还没办法抽离出来，只能等待身体的能量消耗殆尽，才重归平静。

那时，鸟儿也已经飞走了，留下瘫软成泥的猫，独自回味刚刚上演的剧目，鸟儿全程在不知情的情况下和它演了一场对手戏。

大幕渐渐落下，就连鸟儿的离去，也被猫设计得颇具美感。

一群灰褐色的飞鸟被夕阳镀上了一层金色，它们的翅膀载着的光芒，光线慢慢融到了羽毛里，把它们变成了金子般的鸟。它们越飞越远，消失在一朵红色的云中。

# 29
# 许多月亮

天上有一个月亮，叫月球，是地球的卫星，自转，也绕着地球转。月球表面有环形山，用天文望远镜看，是一个个大大小小的坑。那些坑吃掉一部分太阳的光线，把剩余的反射出来，形成柔美的月光。

几乎所有人都热爱月亮，爱它的皎洁、清澈、剔透、阴晴圆缺……跟月亮有关的故事有很多，爱幻想的人们都妄图以此拉近与月亮的距离，因为月亮只有一个，谁也不能独自占有。

唯独的一个月亮，确实也不怎么够用。不是每天晚上都能放眼夜空看见月亮高悬，设想一下要使地球上的每个人都能有一部分月亮，那就得把月亮分成几十亿份，分到人手上的月亮就只是一颗普通的石头，既不发光也没有各种形状的变化。

直到养了猫，才发现，月亮除了天上的那一个，地上还有许多许多个。地上的月亮就是猫的趾甲，月牙形的趾甲会随着时间推移而脱落，脱落的甲片半透明，数量多到数不清。

用食指一按，小月亮很轻易地就粘在了指尖，真是一颗世界上最小的月亮。

这些月亮小巧而洁白，散落在猫出没过的所有地方，在角落里发光发亮。

有时月亮藏在沙发缝隙里，有时躺在桌面，有时落在床单……只要循着猫的踪迹就会找到一弯可爱的月亮。把猫掉在地上的月亮捡起来，放在手心，比米粒大不了多少，置于手心，仿佛是世界上最小的月亮置于世界上最小的天空。

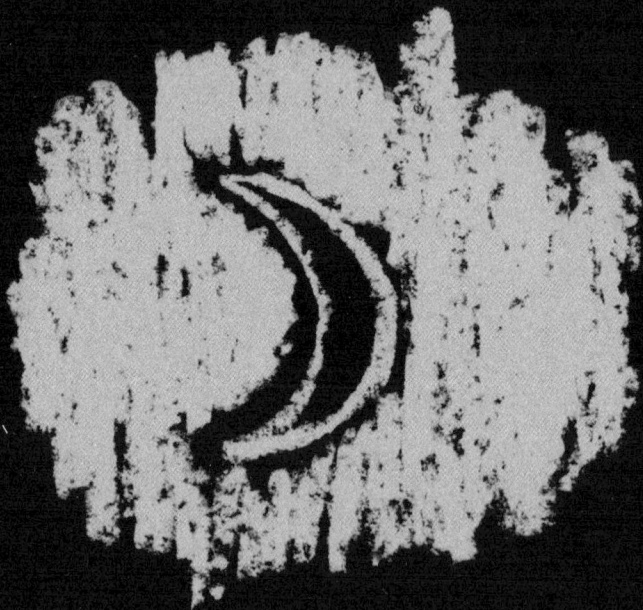

再也不用等到晚上或者特定的时间才观赏月亮。不管任何时候，哪怕是在白天，只要想起月亮就能看见月亮，触摸到月亮。猫无心插柳，实现了人们的愿望。总之，猫充当了月亮的搬运工，不仅把大月亮分解成无数小月亮，每个小月亮还完好无损，保持着月亮最经典的月牙形状。

得到一只猫，就会得到许多月亮。猫到哪里，月亮就到哪里；月亮在哪里，人就在哪里。

月亮一多起来，我有时会疑惑，它们跟星星有什么区别呢？月亮应该只有一个，星星才有无数个呀。当我在晚上望向空中，如果恰巧看见月亮，就知道月亮还是那个月亮，数量一点儿也没有增加。

真正增加的是对月亮的向往，对猫的信赖——无论如何，我都愿意相信猫可以创造出许多月亮。

# 30

# 合体

　　之前，猫是猫，我是我。直到某一天，猫跟我完全地合并在了一起。

　　那一天是极其普通的一天。当我发觉我跟猫合体了，也没有感到多么讶异和奇怪。我不抗拒发生这样的事情，潜意识里说不定早就存在这样的想法，只是从未意识到。更何况我跟猫的外在形象都没有发生变化，猫还是长着猫的模样，我还是长着我的模样。

　　我很少出门，猫几乎从来没出过门。一个宅女一只宅猫共处一室，我们整天都待在一起。经常我在电脑前写东西，猫过来挨着我；要么它睡觉，我抱着电脑去挨着它。久而久之，我俩就长在了一起。

当我发现跟猫长在一起后，竟被这个发现逗笑了。那天，我正在写一篇文章，猫把我的手臂当成枕头枕着睡觉，我的手在键盘上啪啪啪地敲打，竟然一点儿也没影响它。猫若无其事地睡着，毫不觉得被打扰。我故意把手臂的幅度加大，猫才轻微地睁开眼睛，瞄一眼四周又合上了。不管我如何动，猫都维持原样，特别像长在我身体上的一个器官。类似于某些科学家说智能手机已经成为人类的某个新器官那样。人天天抱着手机不放，吃饭走路眼睛都盯着屏幕看，睡觉之前也要用手机来催眠。人与手机形影不离，手机甚至代替了人的一些功能，致使一部分能力退化，却被商家美化为让生活更便捷。

然而，跟猫长在一起，并没有出现手机的这种状况，反而让我忘记了手机的存在。有猫在，压根儿就无法分心，更不需要别的东西。猫有时候长在我的腿上，有时长在我的手臂内侧，有时又长在我的肩膀上。

我和猫越来越成为不可分割的一体，要么它依偎着我，要么我的手指插入它的毛中，难以区分是我身上长出了猫，还是猫身上长出了我。不仅如此，它还长在我的眼睛里、鼻子里、意识里，我想把猫写下来，让猫长在我的文字中。

出门在外，即便猫没跟我在一起，猫还是长在我的心上，我会时刻想念它，眼睛会不自觉地往可能会有野猫出没的地方打探，寻找猫的同类，也会寻找身上粘有猫毛的我的同类。

除了我之外，猫也发生了微妙的变化。

猫逐渐失去了自己作为一只猫的主体意识，而时常觉得自己是一个人。不知道它从哪里学来的接近于人类小孩撒娇或不满的声音，表达自己的情绪和想法。我和丈夫经常被猫发出的模仿人的声音搞得一脸惊诧，紧接着哈哈大笑。吃饭的时候，猫就像给它准备了饭菜似的，不请自来，很自觉地跳上餐桌，只要喊一句开饭啦，不到半分钟，猫就会立马出现，把脸凑近盘子，把每一道

菜闻个遍，然后蹲坐在一旁，等着投喂。晚上，我和丈夫睡觉，猫也会跟到床上睡觉，尤其在冬天，猫钻进毛毯呼呼睡觉，紧紧依偎着我的身体。那时，猫尤其觉得自己是一个人，因为它需要床、毯子和另一个爱人。

# 31
# 分身

　　丈夫经常开玩笑说猫才是我真正的爱人，还说我看见他的表情很平淡，看见猫却情不自禁嘴角上扬。丈夫不介意也不吃醋，他因为我而爱上猫，像爱我一样。猫可以与我合二为一，也能成为我的分身。

　　作为我的分身，猫就是另一个我。它热衷管理和经营一个家庭，对于事无巨细的日常更是一点儿不马虎。它整天到处巡逻，这儿趴会儿那儿坐会儿，盘点家中的每个物件，就连上面的灰尘也不放过，就好像掉在屋子里的每一粒灰尘都归属于我们。猫数着灰尘，每天都要数一遍，确保灰尘的数量不变。丈夫经常说我不讲卫生，不喜欢打扫。我总觉得打扫是清除记忆的残忍行为。猫跟我一样都不愿意把自己的痕迹从生活中擦去。

猫成为我的分身以后，靠吃灰尘保持体态。好在，猫仍旧是我的猫，样子没有变化，灰尘还是这么多灰尘，无论它怎么吃也吃不完，它用舌头上的倒刺去舔舐花瓶的表面，顺便数一数灰尘的颗数，数量越多越好吃，少则显得无味。

猫的诸多玩具，像猫抓板、激光笔、小铃铛、小老鼠和它吃饭的饭盆上面都附着了薄薄的一层灰，因为有灰尘，猫轻而易举就能找到它们。这些东西全都属于猫，上面的灰尘是猫接触时留下的。灰尘积得越多，表明猫使用越频繁。

晚上，猫钻进我的被子，我朝被窝里哈了一口催眠气体，猫就融化了，然后彻底融入我的身体。我能感觉体温升高了几度。猫像水银一样，从脚底一直升到我的胸口，好暖和啊！猫升到不能再升，就停下打起了呼噜，

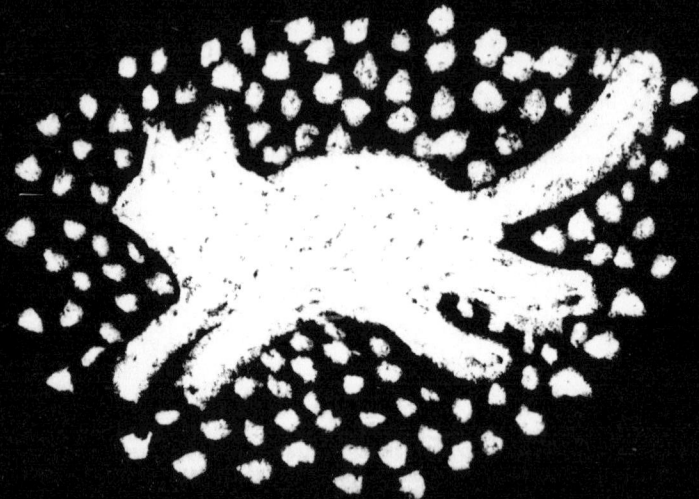

我也渐渐睡了过去。

之后，猫又继续在我的梦里出现。我一点一点将梦中反射潜意识的镜片擦拭干净，这样，我就能梦见猫多一点儿，乃至醒来时记住猫多一点儿。

早上，我掀开被子，猫很快就从我的身体里蹿出来，在空中飘浮，太阳光照见猫，亦是那亮晶晶的浮尘。猫吸饱了阳光将我围绕。

新的一天，猫又要开始汇聚成形了。

猫尽情地在房间里飘飞，轻轻松松地落在任何它想落在的位置。循着灰尘最多的地方就能找到猫。

# 32

# 猫病毒

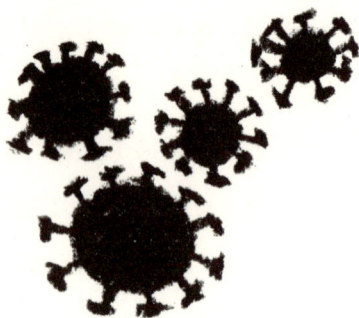

　　我上网，无意间看到一则新闻，是关于目前地球上爆发的猫病毒。有非常多的人染上这种病毒，不分国家，不分民族，不分人种。猫病毒传播甚广，患病的人越来越多。

　　我看到好几个病毒患者的症状，均表现为心情低落、有气无力、压抑焦虑、虚无绝望……猫病毒如同一种新型毒品，猫是这种病毒的携带者和传播者，一旦染上，人就会对猫产生依赖，对人类失去兴趣。有好几个人中猫病毒太深，没有得到及时救治而身亡。看到他们死去的消息，我吓得用手按住了胸口，瞬间产生了无法呼吸的感觉。

我赶紧叫来了丈夫，摸着丈夫的胸口说："你有没有感觉呼吸不顺畅？"丈夫摇了摇头。不知道是心理作用还是怎么的，自从看了这则新闻，我每天都感觉自己出现了感染猫病毒的症状。

没过几天，朋友小雨给我打电话聊天，说到了猫病毒的新闻，问我知不知道这回事，现在已经闹得沸沸扬扬。我说知道，然后我们聊了起来。小雨说自己越来越有类似的症状出现。我战战兢兢地说我也是。

挂完电话，我心里很慌张，赶紧跟丈夫说我怀疑自己中了猫病毒。丈夫告诫我，不要疑神疑鬼，更不要跑到网上去查各种病症，到头来不是得病死的而是被各种不靠谱的说辞吓死的。我表面上答应丈夫，心里仍旧放不下，趁他不注意，我又偷偷打开电脑，开始查询。我想寻找有没有对猫病毒有效的治疗方法。

我进入了一个奇怪的网页，界面上全是耸人听闻的各种标题，诸如"猫瘾晚期患者的几点忠告""猫病毒大面积爆发"……我的后背不禁冒出冷汗，继续把网页往下拉，看见一个治疗猫病毒的广告。

我好奇地点进去看，网页上显示，据说是某个病入膏肓的猫瘾患者发现的神奇疗法，现将此方法免费向全社会推广。上面说只要把鼻子凑到猫身上深深地吸一口，立马药到病除。该帖子下面有几十条留言，统统称此方法十分奏效，唯一的副作用就是会让人不停地打喷嚏，如果碰巧还有毛发过敏症，还会引起人的脸部皮肤瘙痒红肿。

通过网页下方的链接，我又进入到一个测试页面，做了大概三十道题，结果表明我是猫病毒的易感人群，抗体薄弱。下面还贴出了易感人群注意事项，没养猫的尽量远离猫，防止猫进入自己的视线，或自己进入猫活动的区域范围，不然很容易感染。养了猫的则只能以毒攻毒，一旦养猫必须终身养猫。猫既是毒也是药，离开猫就会对身心造成巨大的损伤；不仅如此，还会造成周边人群的大面积量感染，因为猫病毒不仅猫传染给人，还会在人类之间传播，绝大多数人都会成为无症状感染者或病毒携带者。

这则消息对我来说既是坏消息也是好消息。坏消息是我很有可能患上猫病毒，好消息是也不是完全无药可救，如果跟猫生活在一起，基本可以忽略病毒对我的影响。至少可以转化为像慢性病一样，不至于很快要了人的命。这正合我意，我本就打算和猫永远不分开。

# 33
# 伸懒腰

猫眼睛一睁一闭，眨巴眨巴，正在适应光线。它张大嘴巴打了一个哈欠，露出尖细的牙齿，唾液被拉成了丝状，舌头绕着嘴唇四周舔了一圈。

想都不用想，这家伙准是睡醒了。猫刚醒来，多多少少都带着点儿起床气，双眼无神，身体滞重拖沓，需要伸一个懒腰才能把残留的疲倦全部赶走。

它慢慢站起来，身子僵直地抖动了一下，背部高高拱起，弯成一个弧形，拱桥那么弯曲，屁股是桥的一头，脑袋是桥的另一头，架设在地面。那些像蚂蚁般大小的

小动物还真可以爬上去，把猫当作一座完美无缺的拱桥，在上面行走。过了一会儿，猫变换姿势，两只前掌撑地，整个背部往下压，形成一个斜板滑梯，灰尘啊，浮毛啊，全都滑了下去。

我想起小时候玩过各种各样的滑梯，工人喜欢把滑梯做成大象，做成长颈鹿，远远看上去就像我们顺着大象的鼻子滑下来，沿长颈鹿的脖子滑下来。我们徜徉在许多巨型动物之间，欢乐得不得了。

眼前的猫逐渐开始膨胀，逐渐长成一只比原来大十几倍的巨型猫。

我们可以从猫的背上滑下来。先顺着猫的尾巴往上爬，站在屁股上。猫屁股是整个滑梯的制高点，然后从猫屁股的位置滑下去，一直到猫的后脑勺，再借用惯性之力滑到前额，最后飞出去，与几根不小心带出的猫毛一同飞离猫身。我们跟猫毛也没有什么区别，都是那么轻盈、渺小，乘着气流，在空中飞了一小会儿，飘落到地上。

想想看，那猫毛大概跟人一般粗细，该是一只多么巨型的猫啊！作为滑梯，该是一个多么巨型的滑梯啊！说不定还可以让月亮从上滚落下来，滚到水中，然后才有了猴子捞月亮的故事。

但人们非说猴子捞的是假月亮，真月亮一直都在天上。无论如何，当猫伸懒腰时，翘起屁股就一定能够触碰到月亮，月亮有时候滑下来，有时候不滑下来，所以我们有时候看得到月亮，有时候看不到月亮。

猫伸一个懒腰只需要五秒钟，但是巨型猫的五秒钟对于微小的生物来说却是很长很长的时间，可能是五个月，也可能是五年。所以，哪怕巨型猫只伸了五秒钟的懒腰，对我们来说都是一个固定不变的滑梯，可供人玩耍很长时间，玩腻了，兴许巨型猫的懒腰都还没有伸完呢。

猫在我的面前继续伸懒腰，巨型猫也同步伸懒腰，它已经准备好了，随时等人从它的背上滑下去。我咯咯咯地笑，脑子里全是巨型猫拱起背的样子。

# 34
# 礼物

听朋友说，某某某住在乡下，养了一只猫。它的猫每天早上出去玩儿，回来都要给它带礼物，净是些鸟儿的尸体、老鼠的尸体、蝉的尸体、破手套、破鞋子等等，那个人哭笑不得，不知道怎么拒绝。就算拒绝，猫也不懂，一如既往地带东西回家。

开始我不怎么相信，直到床上出现各种各样的怪东西，才想起这个故事，确信它是真的。

我家猫不知道什么时候养成了送礼的习惯。而它送的礼物不尽相同，原因也不同。

猫每次送我东西，都是趁我不注意悄悄给我的，当发现的时候，为时已晚，东西就在眼前，不要都不行。猫送过我废纸、果皮、咬烂的玩具甚至还有它的猫屎和猫尿，一般都是在我熟睡时放在我的被子上。

猫一开始送来废纸和果皮，是它专门从垃圾桶里面掏出来的。因为我之前把用过的纸和吃剩的果皮顺势扔出去，惊动了猫。它一脚奔去，把纸团当成追逐的对象。捡回来给我，像一条寻回犬。猫示意我再扔出去，它再捡回来。我跟猫玩过几次这个游戏，它大概记忆深刻，想我陪它玩儿。

猫还送来过猫屎猫尿，我以为是它的恶作剧。那天我睡得很早，正巧我做梦梦见猫在我身上拉了屁屁，醒来以后察觉是梦才松了一口气。躺下后，我便闻到一股浓烈的臭味，这臭味相当熟悉。我撑起身子，尖叫一声，把梦惊破，还原成现实：被子表面粘着一坨猫的大便，恰好在我睡的这一边而不是丈夫那一边。丈夫闻声醒来："怎么了？怎么了？"

我说猫把屎拉在了被子上。丈夫连忙跑出去，又跑回来说："哎呀，就是你睡觉的时候顺手把阳台的门关上了，把它的猫砂盆关在了外面。"我一拍脑门才反应过来。猫没地方上厕所，就跑来拉在我身上。

这猫真是不得了，聪明伶俐，知道报复，脾气也大。不高兴也懒得跟人磨叽，几次三番用这种方式表达自己的不满。猫哪里是送礼，送的简直就是炸弹。我拿它也毫无办法，只好万事小心，不要惹恼它。

猫六个月的时候，送了我一件特别的东西。同样是趁我睡觉时，把东西放在我的枕头边。

等到早上，我迷迷糊糊地用手摸枕头边的手机，手心被一个颗粒状的东西扎了一下，我捡过来看了一眼，是一颗乳白色的小牙齿。我立刻清醒，疑惑这是哪里来的牙齿，看起来不像人类的牙齿，那么就只有一种可能，是猫的牙齿。

我连忙摇醒身边的丈夫，对他说猫掉牙了。

丈夫眯着眼，细细看我拇指与食指间捏着的东西，

确认就是猫掉的牙齿。我赶紧跳下床去找猫，扳开它的嘴看，果然掉了一颗。

猫送了一份它成长的礼物给我。按照人类小孩换牙的说法，上牙掉了要扔到门背后，下牙掉了要扔到房顶上，这么做牙齿才会顺利地长出来。

但是我都没有这么做，而是偷偷把牙齿藏了起来，放在了一个隐蔽的地方，连丈夫也不知道。我倒要看看把牙齿藏起来后，猫的新牙会不会顺利长出来。算我回敬给猫的一份邪恶的小礼物，谁让它动不动就捉弄我。

# 35
# 敌人

猫在家疯跑，没有任何因由。从南到北，从东到西，不受控制。像按下了某个开关那样，猫的运动如同一台机器在高速运转，只要设定好程序，猫就成为一只非常智能且不停奔跑的四腿机械猫。程序中规划好了猫的运动路线。只见它疾速而流畅地在屋子里穿梭，眼看就要碰到墙壁了，却能够轻松避开，敏捷而快速地后腿蹬上白墙，身体转瞬飞出，画出优美弧线，就此转弯，继续朝另一个方向奔去。

猫一直跑一直跑，仿佛身后有东西在紧紧地追赶。

它在墙上留下了不知道多少脚印，连空气中都是它的足迹。猫上天入地，神色警觉，它时而放慢速度，或突然停顿一下，脑袋、耳朵、眼珠抽动几次，打探周边情况，像电视剧里的两个武林高手在对决。它们一个站在明处，而一个站在暗处。猫胡须颤了颤，测量出对方的移动位置，于是前腿一伸，后腿一蹬，又飞快地冲出去。

那东西似乎也会飞，虽然看不见，也不知道它长什么样，但观察猫的表情就可以知道，它非同一般，可以在猫的意识与现实中自由地进进出出。它一会儿钻进猫的脑袋，一会儿又在房间里驻留，使得猫像疯狂的捕猎者，又像躲避追捕的猎物。

猫与那不速之客，在家中不断上演你追我赶的戏码，无处不是它们的搏斗场。第一次看见猫如此发疯地狂奔，十足吃了一惊，还以为猫犯了什么精神病，任由你喊它唤它都不理。我只得被迫当一名观众，坐在沙发上看这出无厘头戏，心里对结局充满了期待。

我和丈夫讨论过剧情，都认为猫有一个敌人，藏在我们都看不见的地方，或者说那东西压根儿就没有藏起来，一直环绕在我们周围，只是人类难以感知到，却把猫搞得神经兮兮。

有时仅仅是一阵微风，小得根本感觉不到，或只能吹起身上的汗毛，而猫则如临大敌般开始与之周旋，进退攻守，弄出无比大的动静，那动静本身恐怕就足以吓跑敌人了吧。过了很久风终于停了，猫安静下来。更多的时候，就连风也没有，只有猫一本正经地在与看不见的敌人作战。

# 36

# 空心猫

　　猫肚儿圆滚滚，跟商场外面卖的各种造型的氢气球差不多。一个个飘浮在空中的，都是胀鼓鼓的米老鼠、唐老鸭、海绵宝宝什么的。猫也胀鼓鼓，只差一根细线把它拴起来送到天上。要是恶作剧，扯一下猫的尾巴，把气全部放出来，猫会呼啦一下飞出去，在空中到处乱窜，直到变成一条软塌塌的皮囊掉回到地面。蔫儿了的猫一脸丧气地瘫在地上动弹不得，三维的猫变成了二维，无法站起来走路，也失去了往日的神气和威风。猫用央求的眼睛盯着我，发出求救信号。我时常想到这个画面，

越想越逼真。心里突然蹦出一阵坏笑。你也有今天！

抓一把猫粮，塞到猫的嘴巴里，让它吞下去，一把不够再来一把，直到把猫的肚子填满，恢复到胀鼓鼓的样子。被猫粮撑大的猫，现在肚下已经铺垫了一层厚厚的脂肪，这赘肉终日把猫往下拖拽，让猫负重增加，不知不觉就患上了懒病。猫斜躺在地上一动不动，肚子摊在地上，像附着在表面的奶油。

丈夫说这样太浪费猫粮了。他想出了一个不浪费猫粮又能让猫恢复原状的好办法，就是把猫当作气球一样吹壮吹大。本来圆滚滚的猫就像极了气球，现在只不过让它成为真正的气球。

张开嘴对准猫尾巴使劲吹气，猫就越胀越大，猫鼓成了一个球，自然而然地成了空心猫。但摸上去跟以前没有什么两样，毛发还是那么顺滑，肚子变得紧绷了，按起来硬硬的，跟羊皮筏子差不多。

奇怪的是无论猫被撑得如何巨大浑圆，它都能轻而易举地钻空间狭窄的地方，离地高度不到十厘米的床底，它也能顺利地进入，那儿是它午睡最喜欢去的地方。猫使用了特殊的技巧，它先让身体上最小的部位头先进去，屁股高耸起，放一个屁，随之放掉了肚子里多余的、阻碍它进入床底的气体。猫的身体逐渐缩小，成为扁扁的平板，一点一点朝前蠕动，很快，猫整个身子都进到了床头柜底下。

猫躲起来安安心心瞌睡，在狭窄的地方，也不容易被人发现和打扰。我要是想看猫一眼，还得将整个身子贴到地面，想要跟猫玩更要等到它睡醒。

猫醒了，从床头柜下面出来，伸个懒腰，吸一口气，不用人去吹，就自动变得圆滚滚胀鼓鼓的，回到之前的体形大小。趁猫不注意扯一下它的尾巴，把气放掉，猫又会刺啦刺啦到处飞，直到气体被全部放完，猫拖着空空的奶油肚皮囊，趴在地上一动不动，又用央求的眼睛盯着我，等待再一次的充盈。

# 37
# 凝结

傍晚，屋内特别闷热，感觉头上顶了一块沉重的气压，我坐立不安，胸口堵得慌，捏着领口不停地扇风。嘴上说："雨快下嘛，雨快下嘛！"

猫在我的身旁，不再安静，围着我转了好几圈。坐下伸爪子开始舔舐毛发，洗脸。

俗话说，猫一洗脸就要下雨。

下雨之前，空气总是湿漉漉的，成千上万的水珠快要托不住自身的重量，如果不赶紧找一个挂靠的物体，它们就会因重力和地球引力而掉落在地，随即消失。

聪明的水珠必然有一双亮晶晶的眼睛，迅速观察到最近的哪个物体可以成为依附对象。运气足够好，就降落到吸水性强的东西上，如被子啊衣服啊之类的棉制品。下雨前就要赶紧收衣服，不是怕被雨淋湿，而是水汽一会儿就在衣服上凝结，把衣服弄得发潮，生了霉一样，穿上身一点儿也不舒服。被窝里面也是阴区区的，棉花吸水后变得很重，硬邦邦的。

猫，作为预言家，更加逃不过水珠的挂靠。特别是它长了一身密集的毛，想都想得到水珠一窝蜂涌上，湿气都往猫身上落。每一根猫毛上都吊着不计其数的小水珠。猫背上驮着数不清的水珠，焦灼地走了一会儿，实在是驮不动了，只好坐下来，舔身上的毛，用舌头把水珠都卷到肚子里，减轻身上的负重。

猫舔水珠，把原本要变成雨的水汽都舔到了肚子里。装了满满一肚子大自然的雨水，分掉了一部分雨量。

猫胡须上挂满了晶莹剔透的小水珠，一串串极小的水晶葡萄，发着亮闪闪的光芒。胡须逐渐被压弯，弯成了好看的弧度。猫照镜子，胡须拥有了不曾有过的完美造型，猫很满意，在镜子前不肯离去，陷入无尽的自恋中。

越来越多的水珠顺势挂到了胡须上，胡子越发沉重，向下垂，猫的脸也显得僵硬而不太灵活。回头看胡子的造型从完美到耷拉着，失去了美感和威严，猫意识到，用不着那么多的水珠啊，太多了反而不好看。猫抖了抖脑袋，伸出爪子擦掉胡须上多余的水珠。

胡须很快又恢复了原来的挺拔，脸也轻松了不少，猫干脆把水珠全部擦掉，让它们回到空气中，飘出室外。那些水珠很快就找到了一片巨大的云朵附着，彼此凝结，最后形成了一块巨大且乌黑的云层。

不过多时，雨就从天而降。

# 38

# 猫腻

猫和猫腻虽然很像，但又是两个完全不同的东西。如果不注意，很容易把它们混淆，甚至有人觉得猫腻是从猫身掉下来的。别看猫和猫腻之间只有一条界线相隔。猫腻可比猫多了不少调皮的小伎俩和小阴谋，还有故意隐藏起来的见不得光的东西。少一点儿就是猫，多一点儿就成了猫腻。

猫的视力好极了，见不得光的东西就算藏得很深，也能被它看得一清二楚，猫知道所有的猫腻，清楚每一个猫腻的模样。然而猫却天生贪玩，对所有事物充满好奇，哪怕它知道猫腻不是什么善茬儿，也忍不住要去成为猫腻，体验一把做坏蛋的滋味。

猫要变成猫腻，或猫腻想要变成猫都十分容易。只要猫的脑子里出现一些邪念和把戏，就立刻变成了猫腻，猫腻只要放弃这些邪念和把戏，就立刻变成了猫。

猫与猫腻之间的这场游戏，是猫最喜欢的游戏之一，玩起来简单也不耗费精力，只需要一个念头，它们就能瞬间转换。几乎每一天，猫都要腾出一部分时间玩身份转换的游戏。猫和猫腻在同一个时空中迅速切换，让人难以捕捉到其中的任何一个。

如果发现地上有几个湿漉漉的猫爪子印，就知道是猫腻刚刚经过。可以判定猫一定是去玩儿了马桶或瓷盆里的水，才变成了猫腻。只要一碰见水，猫爱玩儿的心思就像石头掉进池塘一样，溅起欢乐的水花。

猫腻尤其狡猾，猫爪印尽管暴露了它，却还是能瞬间隐匿踪迹，无法被抓住。人们连它长什么样子都不容易看清。

我循着脚印找猫腻，最后走到阳台上，只看见猫伸直了四肢，朝着太阳烘烤脚底板。看来我来迟了一步，猫腻已经变回了猫。此刻的猫正打算在温暖的阳光中睡一觉，脑子里除了瞌睡的念头，别的什么也没有，猫腻自然也踪影全无。

真正的猫腻来无影去无踪。我从来没有见过猫腻的真身，尽管每一次都差那么一点儿就抓住它了，最后还是被它溜走。

有一回，我在房间里工作，只听见客厅里窸窸窣窣的刨柜子的声音。我快速走过去看，发现果然是柜门在晃动，我就叫了一声猫的名字，窸窸窣窣的声音立马消失了。我到柜子前面，发现撒落了一地的坚果。过了一会儿，猫从另一个房间走了出来，到我的面前，像什么也没有发生。一想起来我就万分后悔，要是当时我没有喊猫的名字，就不会惊动猫腻，兴许就能看见它。

自此以后，猫变得特别机灵又万事谨慎，哪怕变成猫腻也很少被我发现。

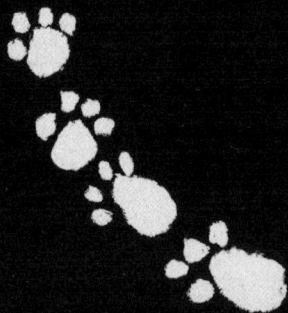

# 39

# 九条命和一条命

传说中猫有九条命，这种说法就像形容猫有九件衣服，一件穿破了还有另外八件，一点儿也用不着担心。猫里三层外三层地穿着九条命的衣服，仿佛穿上了金刚不坏的铠甲。

谁都会好奇猫那九件保命的衣服到底是什么。如果让猫去上刀山下油锅会发生什么情况呢？聪明人一定不会这么干，只会用眼睛注视着猫，脑子里浮现出一个一个画面。

猫的第一条命是坠楼时失去的。有天它想从阳台翻到旁边装空调的铁盒子里玩儿，一不小心失足掉了下去，经过了很多楼层，最后掉在了小区的绿化带里，猫的第一件衣服穿过树林被树枝挂烂，撕成了碎片。现在，大概已经腐蚀分解，化入泥土成了肥料。

猫的第二条命是偷吃骨头因窒息失去的。猫寻着棒骨的肉香去垃圾桶里翻出了吃剩的骨头，猫以为自己赚了一块大肉，来不及咬就吞了下去，结果骨头太大，卡在喉咙里，致使猫喘不过气，猫难受得在地上打滚，身上的第二件衣服被磨得荡然无存。

猫的第三条命是掉进水中失去的。晚上，我在浴缸中灌了满满一缸水，准备泡个花瓣浴。猫不知道什么时候偷偷溜进了浴室。发现猫的时候，水面上漂浮着猫的第三件衣服。

猫的第四条命是喝开水失去的。水杯里接了一百度的开水，冒着白气。猫像往常一样去喝水杯里的水，以免被人阻止，它必须快速喝下去。猫被烫得原地打转，打翻了杯子，很快身上的第四件衣服就像白气一样蒸发了。

猫的第五条命是生病失去的。猫生了一场大病，不吃不喝，肚子一天天变大，带到医院，医生说猫已经没救了，它现在非常痛苦，只吊着最后一口气，建议给猫咪做安乐死，让它不那么痛苦地离去。猫的第五件衣服永远地留在了医院，注射器的针头上还残留着一点儿衣服的纤维。

猫的第六条命是好奇失去的。都说好奇害死猫，可是猫偏偏不以为然。家里搬回来一个巨大的箱子，猫非常想知道箱子里装着什么，一直在箱子面前蹲候。实际上那是一个空箱子，猫由于对箱子里的东西期待过高，在见到箱子里什么也没有后，巨大的好奇又一起笼罩着猫，猫不相信自己的眼睛所见，整日揣测箱子里的东西是什么，第六件衣服慢慢被好奇消耗殆尽。

猫的第七条命是吃得太多失去的。宠物商店打折，一次性给猫买回来很多很多罐头。猫从来没见过这么多罐头，不同的口味让猫欲罢不能，每个它都想尝一尝。

一个接着一个地吃，根本停不下来，最后吃到了撑破了肚皮，第七件衣服也自然而然地被撑破了。

猫的第八条命是故意失去的。因为前面已经失去了七条命了，还剩下两条，猫一时半会儿想不出理由来使自己失去生命，于是选择了自尽。自尽的方式作为秘密，不能让任何人知道。猫离家出走了一段时间，回来时，身上确实只剩下了一件衣服。

猫的第九条命也是最后一条命，不管用尽什么办法始终都在身上，无法摆脱，哪怕猫选择自尽这种极端行为，那第九件衣服还是完好无损地长在身上，猫去哪儿第九条命就去哪儿。

猫跑来让我和它一起找原因，我来来去去找了不下十遍，很偶然地发现猫的最后一条命跟我的命是连在一起的。因为我的生命正处于最旺盛的时期，猫相应地也十分健康。我和猫目前都只有唯一的一条命，彼此牵连，万不能有半点儿闪失。

# 40
# 平衡术

猫喜欢在阳台上玩耍、晒太阳，这样很好，光线充足，直接与室外接触，空气、阳光、云朵都是那么新鲜。不要说猫喜欢待在阳台，就连我也喜欢待在阳台。

猫在阳台上探索出很多好玩儿的事情，打破常规，不断发明新奇的游戏。它顺着水管爬上两米多高再跳下来，稳稳地站住，看得出来猫很过瘾，也很得意。过几天它又跳上只有五厘米宽的栏杆，在上面走过来走过去，像走钢丝。

猫四条腿交替行进，从容不迫，一点儿也不害怕掉

下来。它把身体的重心放在肚子上，小心翼翼，扮演着一位胸有成竹的杂技演员。

　　猫在栏杆上来回走了几趟，目光从脚下转向前方的一朵云，猫走向了那朵云，往前跨了一大步，再一大步，猫踩到了云上，深一脚浅一脚走到了云的中心。云的中心比想象的更厚实更松软更富有弹性，猫使劲一踩就蹦了起来。幸好猫是垂直蹦上天的，再次落到云上，没有落到云的外面。

　　那会儿，我替猫捏了一把汗，汗水就快要淹没过我的头顶。

猫从云的中心返回，走到了栏杆上，又投入到自己的表演中，它的重心似乎比刚才更稳了些，发挥出平衡术的超常本领，从而感受到的欢乐自然是无穷尽的。猫走上栏杆的时间总共不超过一分钟，而我却感觉过了好久好久，仿佛进入了宇宙的黑洞，所有的时间一并被吞没。

猫终于停止了走动，趴在栏杆上，用腹部支撑起全身，四条腿悬吊在半空，准备睡觉。它的猫爪深深地插入了它身边的云层，身体稳稳地支在云端。猫打了一个长长的哈欠，埋头闭眼，尾巴自然垂落，像云上刮下来的一阵风。

我把猫从栏杆上抱下来，它醒了过来，从我的怀抱挣脱，又跑到栏杆下，跃跃欲试想往上跳。幸好我一眼就洞穿猫的想法，反应终于比猫快了一次，立马扑上去，把猫按倒，抱进屋内，再不敢让它到阳台上为所欲为。

几天后，我令丈夫找来工人，在栏杆前安装了一扇落地窗，玻璃大而透明，几乎像不存在一样。猫似乎也没有发现面前多了一块玻璃，照旧跳上栏杆，轻快地走着猫步。

# 41

# 猫蛋星球

猫屁股上吊着两枚蛋蛋，一模一样的双胞胎星球，它们不会像其他星球那样转，也不会你绕着我我绕着你转，猫怎么转它们就怎么转，猫走直线它们就走直线，猫走曲线它们就走曲线，猫向高处跳跃它们就飞向比宇宙略高一点儿的位置，猫原地不动它们也不动。

科学家目前还没有给这两颗星球命名，我擅自作主叫它们猫蛋星球。

猫长大一点儿，猫蛋星球也长大一点儿。它们在夜晚也会被另一个星球上的人看见，像我们抬头望天上的

星星那样，夜空中的群星中有一颗是地球，还有两颗就是猫蛋星球。它们反射太阳光，使用太阳多余的能量。因此猫喜欢晒太阳，猫蛋星球需要吸收足够多的光和热，在晚上燃烧，变成一颗明亮的星。

好几个见过猫蛋星球的朋友都夸赞它长得圆润饱满，说猫很能干，生出如此不凡的两颗星球。朋友还说星球虽然很美好却也很神秘，它们有难以捉摸的一面，一旦成熟就会离开猫和这个家，飞向遥远的太空。

我问它们什么时候离开，朋友回答说这个不好讲。

猫长大了，它们自然就会想要逃离，这是无法克服的自然规律。

几个月后，猫开始嚎叫，乱撒尿。朋友告诉我，这就是猫蛋星球要离开之前最明显的迹象。猫看上去难受得要死，我猜想它是因为离别而难过吧。

最终，我把猫送到了兽医那里。只用了十几分钟，猫蛋星球就从猫屁股滑落到了兽医的指缝间。可见的是，它们仍旧在晃动。

晃动是逃离程序中的最后一个步骤。

几分钟后，猫蛋星球在屋子里彻底消失了。隐约看见它们的影子飞向窗外，兽医没有在意，大概是见得太多了，麻药仍然让猫陷于酣睡中。只有我代替它目送猫蛋星球离去。

猫蛋星球在我视线上方做了最后的盘旋，如若最后的告别。它开始垂直上升，像一艘喷射着蓝色光焰的宇宙飞船。猫蛋星球此行的目的地是喵星，我也是听朋友说的，每只猫死了都会飞向喵星。喵星是专属于猫的星球。

　　两颗猫蛋最终变成两颗微小的星球，围绕喵星，成为其最小的卫星，飘浮于空寂的宇宙。猫蛋星球上面一片荒芜，除了保留着猫咪的体味，没有别的东西存在。

　　一段时日过去，猫蛋星球凭借对猫的怀念，表面长出了一根绒毛。不久之后，又长出第二根、第三根、第四根……

　　两颗星球上都长出了同样的东西，一种类似于动物皮毛状的植物，随着时间推移，到了某个时节，这些植物会脱离地表，四处飘飞，类似地球上的蒲公英。

## 42

# 神奇密码

　　猫蛋星球虽然离开了猫，成为独立的两颗星球。我还是觉得它们并没有完全脱开联系，星球上始终有猫的味道，长出如毛发般的植物，一飘离星球就像脱离毛囊的猫毛，携带着星球上的信号四处传播。猫接收这些信号，再把信号传给我。

　　猫经常跳上书桌，假装不经意间从我的电脑键盘上踩过，留下一串神秘的符号。不止一次，猫从我的键盘上踩过，留下一串神秘的符号。任由它踩下去，过不了多久就可以踩一篇文章出来，遗憾的是我读不懂这些

文字。

　我喊来丈夫，问他："你知道猫写的是什么意思吗？"
丈夫觑着眼睛左看右看上看下看，然后嗯嗯啊啊了几声。
我说："你到底知不知道猫写的什么意思？"丈夫嗯嗯啊
啊拉长了声音说："这个嘛，就是猫说它饿了，要吃东
西。"我白了丈夫一眼说："不要不懂装懂，它才吃了鸡
胸肉怎么可能饿了呢？"丈夫在旁边小声嘀咕："它是外
星人派来惩罚你们这些愚蠢的人类的。"

　丈夫的念叨忽然提醒了我。猫踩出的一大串字符会
不会是从外太空传过来的信号呢？但是我认为外星人托
猫传递信息的可能性不是很大，外星人是否真的存在目
前都还有很大的争议。最有可能的就是猫蛋星球上传来
的信号。我脱口而出，这是猫蛋星球传来的消息。丈夫
扑哧一声笑了出来，什么猫蛋星球！明明就是外星人。
丈夫提高了嗓门，开始列举各种依据证明他的推测：猫
那么喜欢在夜里活动，就是趁人睡着时，偷偷跑到窗户
边，对着夜空跟外星人联络。猫的每根毛发都有接收和

发射信号的功能，猫掉毛，其实是在更新信号机器，让机器升级换代，让自身的灵敏度更高。猫把外星人发射的秘密信号保存在身体里，像吃猫粮一样，猫吃了许许多多的消息，一旦遇到合适的时机，看见人在用电脑，便跳上书桌，赶紧把收到的信号打在屏幕上。

丈夫说得很有道理，一时半会儿也找不到理由反驳，但我还是坚信自己的直觉，这些消息来自猫蛋星球，所有符号并非来自与猫不相干的东西。

我把猫踩出的字符保存起来，一有空就拿出来研究，想着哪天一定要破解这些神奇的密码。

# 43

# 地平线

　　若不是猫经常睡在窗台上，我也不会注意从这个角度可以看见地平线。天空和城市的衔接处穿过了一根模糊的线条，没有那么笔直，被一溜高高低低的楼房挑得略有些起伏。眯起眼睛感觉与我近在咫尺，用两个指头就能夹起，尤其像一根绷得松松垮垮的橡皮筋，失去了弹力。

　　猫趴在窗台上，微闭着眼睛，我也微闭着眼睛用一条缝看它。只见它正好俯卧在地平线上，整个身子展开，把地平线压在身下，那一溜楼房也被猫压在身下。莫不是地平线的松弛也是被猫压成的吧，猫全不知情，也不在乎。此刻，猫特别像好莱坞电影中从天而降的巨型怪兽，只不过怪兽正在休憩，等它醒来，一步一脚，指不定把整座城市摧毁在它的行走之间。

猫睡的位置，正好是太阳升起或落下的位置。它经常睡过头，挡住太阳的去路。太阳在天上上了一天班，本来到了六点钟应该准时下班，落行至此，却发现一坨又肥又肉的东西堵住了去路。等到猫醒来，走开，让出通道，太阳才得从这里离开。

不是所有时间，猫都那么识趣，让太阳顺利地回家。它经常懒到不愿意挪移一寸，躺在那里赖着不走，太阳只得在一旁等待，白天的时间又无形中延长了一点儿。

不是所有时间，太阳都有那么好的脾气，劳累一天，没法回家，气得它脸涨得发了红，以至于把周围的云层都传染了。云受到太阳情绪的影响也开始变红变紫，就形成了五彩缤纷的晚霞，在地平线及天边发出绚丽的光芒。太阳最生气的时候，整座城市的天空和云朵就像被

火点燃了似的，形成难得一见的火烧云。

全城的人都仰头看这一景观，纷纷拍照发到网上。殊不知追溯起来，猫才是始作俑者。可是猫无心观赏，整个傍晚它都在呼呼大睡。

别看猫懒惰又贪睡，还是有不少时候猫在太阳落山前就醒来，因为那时温度已经下降，猫感知到了温度的变化，这么躺下去不但吸收不到阳光，还会让正午保存起来的热量流失散去。加上它肚子也饿了，于是起身，恰好为太阳的落山让出了道路。

最明显是冬天来临，整日气温都很低，到了黄昏，气温骤降，猫因为怕冷，午后的瞌睡醒得非常早。太阳趁机溜走，早早地落到了地平线之下，因为这样，冬天的夜晚就变得很长很长。

# 44

# 吐毛球

　　猫，晴天舔毛，雨天舔毛，阴天舔毛，一年365天每天都舔毛。人可以不洗脸，但猫不可以不舔毛。猫舌头兼具毛巾和梳子的功能，把自己打理干净，舒舒服服，身体的灵敏度也变高。猫变换各种体态舔全身，极度柔韧，创造高难度动作只为舔一些死角，从脚趾缝到屁股眼儿，猫舔得专心致志。日积月累，猫的肚子里沉积了许多猫毛，猫毛无法消化，在胃中缠成一个毛球。每隔一段时间，猫就要吐出一个毛球。

　　人和猫生活在一起，每天都要吸入许多猫毛，毛在肚子里沉积，时间久了也会形成一颗硕大的毛球。

猫毛慢慢聚集，先是扭结成绳子，然后绳子再裹啊裹啊裹啊，像妈妈当年织毛衣裹的毛线球，仿佛一只叫毛线球的小奶猫缩成一团。人舔舔了猫落在空气中的浮毛，约等于舔舔了一只猫。如果我的肚子里的小奶猫名叫毛线球，约等于吃进了一颗现成的毛球。

小奶猫在肚子里蹦蹦跳跳，因重心不稳而摔倒，我的肚子就疼一下，那是一种可爱的疼痛，我愿意承受。

我还是像平常那样生活，吃饭，睡觉，写作，画画。偶尔想起肚子里有一坨毛球，就忍不住偷偷发笑。这个秘密谁也不会知道，没有人看得见我的肚子里装着一颗毛球，一天天变大，就像怀着一个婴儿，怀着自己的小孩。

不管我走到哪儿，都装着这颗毛球，想起来也是不寻常的事。我可以清楚地听见毛球在肚子里滚来滚去，咕嘟咕嘟……让人误以为我饿了。可是这个秘密谁也不会知道。

终于到了要吐出毛球的一天。

我在沙发上坐着看电视，猫立在我的旁边一动不动，直勾勾地盯着我。它比我先预感到要有事情发生。吐过毛球的猫，总是要比没有吐过毛球的人有经验。它知道，这一刻即将来临。

电视机中的剧情演到末尾，片尾曲响起之时，我哗地一下吐在了地板上。一点儿也不痛苦，非常突然，我甚至都没准备好。那颗圆滚滚的毛球混着胃液，看上去黏糊糊的。猫想用爪子去挠，伸到中途又收了回来。我们都没有见过如此大的毛球，大得果真像一只两个月大的小奶猫。惊异的目光出现在猫眼中，也出现在我眼中。

毛球动了动，不一会儿就伸出了四个小爪子和一对小眼睛，是一只软萌的小奶猫！

# 45

## 大猫和小猫

虽然已经有了心理准备，小奶猫的出现还是让我和猫无比震惊。吐出这么大一颗毛球已经很不可思议了，而且它还会动，要吃要喝，磕磕绊绊地走路。猫感到了一阵威胁，表情略微怪异，我安慰它说小奶猫不是来代替它的，这里没有新猫和旧猫，只有大猫和小猫。

丈夫那时候还没回家，我们仨共处一室。大猫看着小猫，小猫看着大猫，我看着两只猫。我们在同一个场景同一时间里存在。此时我清楚地意识到，我不是失去了一只猫，而恰恰是多了一只猫。

我连忙去把小猫从地上捡起，仔细抚摸和端详。小猫小得只有一只手掌那么大，比大猫刚刚被捡到的时候还要小很多。它十分安静，放在手上很轻很轻，毛稀稀拉拉但尤其松软。

　　小猫一副天真的样子，眼睛里充满对这个世界的好奇。我一下就乐了，把小猫凑到大猫面前说："你看！"没想到大猫突然跳起来后退了一米。我以为是我的动作幅度太大吓到了大猫。继续慢慢向前，大猫继续往后退。我停止，大猫站在它认为安全的地方打探着小猫。我带着小猫回到沙发上继续逗它。

　　丈夫回到家，看见小猫，显得倒是比我淡定多了。他说那就养着吧，反正养一只也是养，养两只也是养。其实我们早就想有一只小猫来到身边，大猫有玩伴，我们也多了一只猫。这下愿望实现了，多好的一件事。我说小猫是毛球变的。丈夫说只要我们对一只猫充满渴望，它可以是任何东西变的。

　　确实如此，毛球呀，不是长得像一只猫，而本身就是一只猫。每一只猫都是一个大毛球，在地上滚来滚去。

大猫很快也接受了小猫。一开始也只把小猫当成毛线球来玩儿，追着它跑，或抱在胸口用后脚蹬，用牙齿咬，像对待一个喜欢的玩具那样，怎么高兴怎么来。小猫被折磨得惨叫不止，奇怪的是它却从不记仇，好像没有记忆似的，很快就忘了大猫对它的恶劣行为，没皮没臊地去靠近大猫，依偎在大猫的身边。像不干胶似的天天贴在大猫身上，撕也撕不掉。

大猫逐渐习惯了被黏着，环抱小猫时，终于不再咬它，而是用舌头将小猫的脑袋一遍又一遍地舔舐。

# 46
# 正负极

  大猫是一只公猫，小猫是一只母猫，异性自然相吸，就好比大猫是磁铁的正极，小猫是磁铁的负极，正极和负极相互吸引。

  大猫是大磁铁，小猫是小磁铁。大磁铁质量大，吸力也大。所以，基本上都是大猫待在某地不动，小猫自动贴到大猫身上。这种自然的亲近感，真是让人嫉妒，搞得我都想变成一块巨大的磁铁，把大猫和小猫吸到自己的身上。

  小猫终日跟在大猫的屁股后面，与大猫形影不离。

我故意把小猫抱走，强行和大猫分开，它在我怀中待不了两分钟就奋力挣脱，屁颠儿屁颠儿去找大猫。小猫站直了，也只有大猫的前胸那么高，小鸟依人般靠着大猫的胸脯。大猫原地蹲坐着，眼睛没有注视小猫，而是盯着远方，刻意装出一本正经的样子，在小猫面前表现得成熟稳重，绝不轻浮。大猫任由小猫在自己身上蹭来蹭去，却岿然不动。

大猫看起来像一座雕塑，说不定早就在暗地里悄悄释放巨大的磁力。真实的情况不是小猫想在大猫身上蹭，而是被强大的引力所控制，根本无法逃脱。

丈夫见小猫对大猫无比依恋，幸灾乐祸地说："可惜了可惜了！"我问："可惜什么？"丈夫说："可惜没蛋蛋了。"我恍然大悟，顿觉万分庆幸。

幸好大猫的两颗蛋蛋已经飞向喵星，成为环绕喵星的两颗卫星。不管身为大磁铁的大猫磁力有多强大，身为小磁铁的小猫磁力有多么微弱，如若猫蛋蛋还在的话，一切都要反过来了，追着小猫跑的一定是大猫。还好现在大猫的磁性已经变得简单而纯粹，再也没有别的功能和作用。

大猫跳上洗衣台，小猫迫于磁铁的强力吸引也表现得跃跃欲试，但是小磁铁毕竟是太小了，能量有限，没法自行飞到那么高的地方，只能眼巴巴地盯着大猫，身子却不听使唤地往上伸展，还是连大猫的脚也够不着。

小猫折腾了半天，都没办法抵达水台，大猫只好躬身低头，小猫一把抱住大猫的脑袋，正负极突然吸引在一起，甩也甩不开，小猫用力舔舐着大猫脑门上的毛发，大猫只好悻悻地从水台上下来，让它舔个够。

# 47
# 体香

　　小猫身上有一股奶味体香，类似于乳臭未干的小婴儿身上的味道，平常它从身旁经过，就会留下一阵淡淡的香味，凑近闻，越发浓烈。

　　奶气芳香，散发出甜味，又加之小猫软糯的身子，仿若小时候吃的大白兔奶糖那么诱人。这味道不仅我喜欢闻，就连大猫也喜欢。大猫呀大猫，终于还是忍不住主动靠近小猫，舔小猫身上的毛，双眼微闭，舌头一伸一缩，像极了平日里喝羊奶的那般投入和享受。

　　大猫和小猫睡在一起，用自己的身体覆盖着小猫，也无法完全盖住小猫身上的奶香气。那香气往外溢出，弥散在空气中，飘到我鼻子周围，我便抓住机会，深深吸一口气。这是自然飘来的香味，带着一种不经意的美好。我也会特意抱着小猫，将脑袋埋入它的身体，疯狂地吸啊吸，太香了，就算中了猫病毒也在所不惜。

大猫身上也有一股体香，跟小猫身上的味道大有不同。大猫身上没有固定的味道，而是随着家中飘荡的各种气味而发生改变。做冬瓜炖排骨的时候，大猫身上就是一股冬瓜炖排骨的味道；做红烧肉的时候，大猫身上就是一股红烧肉的味道；做清蒸豆豉鱼的时候，大猫身上就是一股清蒸豆豉鱼的味道……

做饭的时候，大猫身上就开始散发一股子烟火气。丈夫在厨房里忙活得叮叮当当响，大猫则蹲在门口的小板凳上，暗自吸收菜的味道。大猫在它渴望的食物周围蹭出各种香气再往外扩散。凑近大猫一闻，便知道这顿饭吃什么，仿佛只要拨开毛发就能看见一桌美味佳肴。

饿的时候，闻一闻大猫，不亚于望梅止渴。我看大猫舔自己，小猫舔大猫，脑袋里就会钻出奇奇怪怪的问题，让自己吃惊和发笑。大猫好吃吗？小猫应该也很好吃吧？哈哈哈，想起来就忍不住笑自己的想法太可怕了。

平时大猫在家里跑动，带着满身的香味飘来飘去，小猫在后面追着大猫跑。搞了半天小猫是被大猫身上各种好吃的香味勾引，才像磁铁一样天天吸在大猫身上。谜底终于揭晓，原来小猫也是一只货真价实的贪吃猫！

# 48
# 橘子围城

大猫贪吃早已是不争的事实，小猫也逐渐暴露出贪吃的本性，并且有过之而无不及。当一只贪吃猫变成两只贪吃猫以后，家里每到吃饭时间就搞得鸡飞狗跳的，往往菜上桌人还没上桌，猫就已经闻香赶来了。

以前，我跟丈夫两个人共同对付一只大猫，二打一，还能勉强将其制服。现在一人看管一只猫，不让它们接近热腾腾的饭菜，同时还要顾着吃饭，经常搞得我们手忙脚乱。

我跟丈夫都不忍心把两只猫赶到阳台上，看它们可怜巴巴地望着我们喵喵叫唤，丈夫会心软，还是放它们进来吧。每次我们都为自己的善良感到后悔，为此付出的代价就是把吃饭搞成一场战斗，但每次都还是这么去做，以至于苦的是自己。

到了橘子收获的季节，丈夫从外面买回来一大袋橘子，放在餐桌上。那天，到了吃饭时间，两只猫却迟迟都没有来"战斗"，我和丈夫都感到不可思议。

我们都觉得猫儿们今天怎么如此反常。刚谈论了几句，大猫顶不住香味的诱惑，率先跳上桌子，我悬着的心落下，真正的"饭点"终于来了。做好准备大战一场。

大猫虽上了餐桌，却没有像往常那样靠近我们的餐盘，而是蹲坐在桌脚，隔着一大袋新鲜的橘子。

丈夫放下筷子，拿了一颗橘子凑到大猫的鼻子前，大猫的脸瞬间拧在了一起，表情凝重，往后一步步倒退。我再拿一颗橘子放在小猫面前，它闻了闻也露出同样的表情，避之唯恐不及。

误打误撞，我们发现了猫讨厌的东西，如果桌子上摆着橘子，猫一般不会过来。我和丈夫像发现新大陆一样高兴，从此以后，就可以安心吃饭了。

橘子成了家中的常备水果。丈夫总是把一袋又一袋的橘子买回家，作为我们与猫儿们斗争的武器。它们只要一跳上餐桌，我们就用橘子排列成城墙，把两只猫围起来，给大猫围一个大围城，给小猫围一个小围城，让它们待在各自的围城里，不敢逾越半步。那些橘子也像施了咒语一般，给两只猫竖立起无形的气味障碍物。猫不仅不再捣蛋，反而像侍从一样乖乖站在橘子围城里，眼巴巴地看着我和丈夫吃饭。

# 49
# 闹钟响了

嘀哩哩嘀哩哩，闹钟响了，该起床了。

这是从前。现在，也记不得具体从什么时候开始，闹钟就不再响了，换作猫跳上床铺，在耳边喵喵喵地叫个不停。我睁开眼睛，上眼皮不自觉地耷下来，睁开，耷下来，反反复复，还是把眼睛闭上了。猫儿们见我没有起床的意思，就使出叫醒绝招：大猫舔我的脸，小猫则舔我的脚，痒酥酥的。我甩甩脚，摇摇头，动几下竟然把瞌睡动没了，遂起床。猫儿们的目的达到，高兴得在我的脚边转圈圈。不得不承认这种接触式的叫醒闹钟，

确实比只播放铃声的闹钟管用，更何况这两个闹钟也是有声音的，喵喵喵代替了嘀哩哩。

第一天，猫叫我起床，引我到食盆面前。我一看空空的盆儿中一粒猫粮都不剩，知道它们那么急切叫醒我的用意，赶紧把食盆加满，摸摸两只猫的头安抚道："快吃吧，快吃吧！"我也到厨房去找了些吃的，想来爱睡懒觉的我也有很长时间没有吃过早餐了。

第二天，猫叫我起床，引我到窗户边。我望向窗外，太阳正从高楼缝隙之间摇摇晃晃地往天空挤，鼓胀着，逐渐长大，生怕被尖锐的楼房棱角刺破。太阳小心翼翼地升上了天空，红色的光晕把周围的云层染得十分娇羞。想来我也有很长时间没看过日出了。

第三天，猫叫我起床，引我到书桌前。桌子正中放着一本还没拆封的新书，买回来一周了都还没开始看。我每天贪玩好耍，浪费了不少时间，想来也有很长时间没静下心来好好读一本书了。

第四天，第五天，第六天……第 N 天，数不清的日子，猫跳到我身旁，准时叫唤。喵喵喵……喵喵喵……闹钟响了，该起床了。

# 50
## 溶解

　　我感冒了，头痛，咳嗽，流鼻涕。医生给我开了非常苦的药。正当我为喝药发愁的时候，小猫去偷喝了我杯子里刚刚放凉的开水。由于无法将头伸进杯口，它用前爪去蘸水来舔，哪知道爪子一触碰到水就像盐巴一样溶化，然后是整只猫都溶解在了水中。

　　小猫不见了，我和大猫都很着急，盯着一杯透明的白开水不知如何是好。大猫很快辨认出那杯水有小猫的气味，跳上桌子，想去探个究竟，鼻子凑到杯口，再一次确认是小猫的味道。大猫伸舌头去舔了一下杯中的水，没想到触到水的瞬间，大猫也像小猫一样，毫无预兆地溶解掉了。

大猫小猫居然都在我的眼皮底下溶化，我震惊的程度不亚于观摩了一场近距离魔术，一切的发生如此不可思议。我来不及想原因是什么，赶忙把杯子端起来到处看，我的猫呢？我的猫呢？心中唯一的念头是快把猫找出来。

猫不见了。杯中的水没有增加也没有减少，看起来还是一杯白开水，但是气味变得略有不同，逐渐浓烈，散发着发苦的药味，类似感冒冲剂之类的味道。

我朝杯中喊了一声，没有任何回应，只在水面映出了我不太完整的脸。我捏着鼻子把这杯药水咕噜咕噜喝了下去，味蕾立马同一时间放出难喝的信号，我伸出舌头，能感到自己的表情扭曲，但胃中顿时觉得一股暖流升腾起来，胸口温热，仿佛把两只猫抱在了怀中，热量向全身传递。

我继续喊猫的名字，仍无响应，随后感到一阵困意袭来，眼睛慢慢闭合。我躺在沙发上，睡着了。

当我醒来，窗外已经漆黑一片，城市的灯光穿透薄云层。不知不觉我竟然睡了这么久，坐起来，身体变得轻松了不少，头痛有所缓解。两只猫不知道从什么地方一前一后跑出来，来到我身边要求我挨个抚摸。我沿着它们的轮廓摸了一遍，完好无损，按按大猫的全身，按按小猫，它们依然结结实实的，没有一点儿变化。

桌上空置的水杯也没有任何改变。

# 51

# 采蘑菇

　　走吧朋友们，去采蘑菇吧，不用走出家门，不用等到春天。在我的家，每天都会长出许多许多的蘑菇。一会儿沙发上长出一朵，一会儿地上长出一朵，一会儿茶几上长出一朵，一会儿床上长出一朵……不分季节，不分雨天晴天。

　　我的家虽然没有住在森林，也不挨临潮湿的水域，但长出的蘑菇又大又新鲜，形状一个个都很圆，表面带有花纹，长着茸毛。随时随地，蘑菇长出来，用不着等待就已经成熟。来采蘑菇吧，不要犹豫，蘑菇迅速长大，迅速消失。一不留神，刚刚看好准备采摘的蘑菇就不见了。

书架上长出一朵蘑菇，只一转身，那朵蘑菇不知道去了哪里，经常如此。过一会儿又会发现椅子上长了一朵同样的蘑菇。蘑菇无处不在，有大有小，表面覆有绒毛，有粗有细、有长有短。大蘑菇看起来肉质厚实，富有嚼劲，小蘑菇小巧可爱，入口即化。

走吧，去采蘑菇，采一朵鲜嫩的蘑菇炖汤喝，一定美味极了，哪怕只采一朵小蘑菇，也会做出十足丰盛的一餐。

采蘑菇吧，什么工具也不用带，不会害怕太阳晒黑皮肤，不会害怕下雨打湿衣服，不用拨开草丛，不害怕草丛里面有蛇啊虫子啊之类的可怕东西。采蘑菇吧，轻轻松松，在各种家具摆设之间寻找蘑菇的身影。

可是啊，蘑菇去了哪里呢？为什么正当要采蘑菇的时候，蘑菇却不见了呢？没有大蘑菇，也没有小蘑菇，太奇怪了。

不要着急。蘑菇大概换了一个新的地方生长。一向如此，蘑菇喜欢长在不同的地方，习惯了一个地方就会换到另一个地方。

蘑菇长了脚，可以到处走动。

蘑菇不会长到家以外的地方，只要仔细找遍家里的每个地方，一定会采到蘑菇。没过多久，我就在床底找到了两朵蘑菇，看样子是刚刚长出来的，非常新鲜，一大一小，挨得很近，被我发现时上面的绒毛还似有若无地飘了几下。

我一下高兴起来，干脆大小蘑菇全都采走吧，这样就可以多吃几天山珍美味了。我趴在地上，很轻易就够到了大蘑菇，就在我兴奋的同时，小蘑菇一瞬间就消失了。好在我采到了大蘑菇。小蘑菇可以留到下次再采。

# 52

# 猫酱

有一天午后，我闲着没事做，突发奇想把大猫和小猫混合在一起搅拌，搅啊搅啊……神奇的事情发生了，大猫和小猫竟然发生了化学反应，两只猫逐渐变软，失去了自身原本的形态，变得模糊，由固体变成了液体，然后慢慢融合在一起，形成了一缸黏糊糊的猫酱。猫酱的颜色综合了大猫和小猫的颜色，就像两个不同色的颜料调和而成。新的颜色比大猫的毛色深一点儿，比小猫的毛色浅一点儿，是地地道道的灰色，像芝麻糊。

混合后的猫酱散发着一股浓浓的香味，如同它的外观芝麻糊。好吃嘴肯定抵挡不住诱惑，恰好家中最好吃的两只猫已经变成了这缸猫酱，根本不用担心它们前来捣蛋。我忍不住用指头蘸了一点儿放在嘴里，抿一下，香味立马在口腔里回旋，非常迷人，却又异常陌生，是一种从来没有尝过的味道，在现有对味道形容的词语里，竟然找不到对这种味道的描述。但是猫酱确实太美味了，吃一口就还想吃，我到厨房拿来碗和勺子，一连吃了几大碗。猫酱怎么吃都吃不完，是因为猫没有消失的缘故，猫存在，猫酱就不会减少。

猫酱除了可以吃，还可以当护肤品、膏药、墙漆……把猫酱涂在脸上，吸收很快，比涂了那些昂贵的化妆品还要舒服，皮肤用后光滑白皙，散发着淡淡的香味。

猫成了猫酱后，行动方式发生了根本的改变。之前，猫是以四条腿的方式行走，跑跳，去任何一个它想去的地方。猫成了猫酱后的运动方式就成了涂抹，它想去哪里就往哪里涂抹，可涉足的空间范围也无形中扩大了几倍。以前猫没办法上墙，现在涂抹到墙壁上，可以想象真实的猫在飞檐走壁的画面。猫在墙上一待就是好几个小时，足以美美睡一觉了。

后来不用我主动把大猫和小猫混合成猫酱，它俩也能自动混合成猫酱。稍不注意猫酱就溅得到处都是，尤其是天花板，上面涂抹着最多的猫酱。可能是猫打了个大大的喷嚏，也可能是猫耐不住平静和寂寞，猫酱四处飞溅，四处涂抹，猫就能到处去玩儿。

# 53

# 极限运动

　　大猫的身体已经十分强劲了，走起路来可以看见肌肉的线条和轮廓，清清楚楚地勾勒出它健硕的体魄，仿佛是从健身房里走出来的。毫无疑问，猫的健身房就是这个家。如今大猫带着小猫，把家里当成了一个十足的运动场所，经常上演惊险刺激的极限运动。

　　大猫最喜欢的运动是跑酷。房间里各种家具高低错落地摆置，尤其适合它进行这项运动；小猫由于太小，受跳跃能力的局限，无法望其项背。通常大猫独自在高处从这个柜子跳向那个柜子，迅速而准确的移动方位，姿势变幻莫测，我和丈夫经常看得提心吊胆。我们从不担心猫会失足，而是怕摆在柜子上的杯子瓶子被它碰落。也不是一次两次，猫把我最喜欢的装饰品摔碎，哐当落地，那是连同心碎的声音。

猫不以为耻，反以为荣。每上到一个有难度的地方，它都会在那里停留一阵子，用睥睨天下的眼神看我，像是一种胜利者的炫耀。

猫天生极好的控制力和平衡感确实让它在跑酷运动中发挥优异，从来没有失手。偶尔，人也会作为猫跑酷的一个着力点，我和丈夫的身体跟那些柜子、桌椅没有任何区别。当我和丈夫坐在沙发上或睡在床上，毫无防备地，猫直接从我们的肚子或胸口上蹬腿跳跃而起，往往是大猫和小猫一前一后，身上被打了一记重拳，紧接着又是一记力度稍轻的拳。"哎哟"在嘴巴里还没发出声来，猫已经逃之夭夭。

小猫在跑酷运动上不如大猫，在漂移方面却和大猫有得一比。它们把客厅光滑的地砖当成赛道，把自己的身体当成赛车，四条腿即四个轮子。先找好助跑点，假装在追逐打闹，快速往前冲，仍旧是一前一后，跑到客厅的半程便停止腿上的动作，利用自身的惯性将自己往前推移，转弯变道，画出一条清晰的C形轨迹。然后把终点作为起点，继续开跑，转弯，漂移。

　　大猫和小猫乐在其中，我也忍不住要去加入它们。我抽了一张卫生纸，揉成团，到客厅的一头扔出去，我们三个一起追赶那坨卫生纸球，拼命朝前滑行，不管玩儿多少次，我都是最后一名。

# 54
# 按摩店

大猫和小猫有一个共同的兴趣爱好，喜欢给很多东西按摩，比如被子啊，枕头啊，床垫啊，沙发啊……猫两只前腿一上一下，脚底踩着松软的东西，无比享受。我和丈夫的身体也经常成为猫的踩压对象，猫昂首挺胸，有那么几分专业模样，索性就开了一家按摩店。按摩店没有招牌，也没有打任何广告。

只有大猫的时候，它独自在我们身上按摩，服务很有限，没有形成规模，按了我又去按丈夫，已经略显疲劳，兴趣也大减。小猫来了以后，实现了一对一服务，

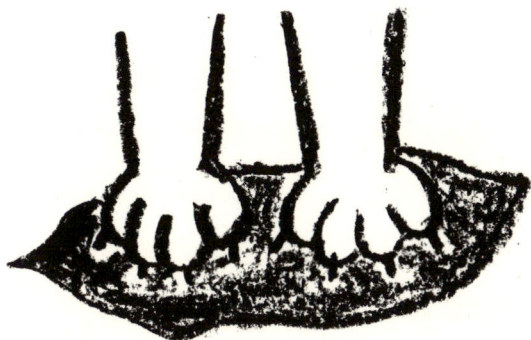

完全具备了开店的可能。

　　按摩店正式开张那天，我和丈夫坐在沙发上，享受着VIP的特殊待遇。大猫和小猫分别站在我和丈夫的大腿上，像两个训练有素的按摩师，两只前腿交替按压，猫爪张开，有节奏地抓踩着。猫的眼睛微闭，嘴巴里发出咕噜咕噜的声音，看上去比我和丈夫都要舒服。有时猫的趾甲刺穿裤子，扎进肉，像被蚂蚁咬了一口，微微疼痛，如同做了一次针灸。

对猫来说，我和丈夫唯一需要做的事，就是完全地配合它。在按摩期间，不能随意动弹，任由它们踩来踩去，想怎么踩就怎么踩。总之，万不能在猫儿们按摩时，中途放弃或拒绝服务。要知道猫咪按摩店非常强势，顾客没有选择的权利，跟一家黑店没什么区别，一旦进去，全由两只猫说了算。它们想什么时候营业就得什么时候营业，想按多久就得按多久。仔细一想，到底是我们在服务猫，还是猫在服务我们？

而这个按摩店开业的真正目的越来越像是猫在满足自己踩奶的需求。真正的顾客其实是猫自己。之前丈夫就给我讲过，猫喜欢踩柔软的东西，这是来自它儿时的记忆，会让猫咪踩想起小时候喝奶的情景——不停地踩母猫的乳房，这样能促进乳汁更多地分泌，喝到更多的奶。

不知不觉我和丈夫进入了猫设下的圈套。想反悔也来不及。好在猫不仅仅按摩我们，还要按摩其他一切松软的东西，按摩的时候同样卖力和享受，发出咕噜咕噜的声音。一时之间，按摩店的生意变得热闹非凡，两只猫都有点儿忙不过来了。

# 55
# 卡住

　　猫卡住了。

　　一会儿大猫卡住了，一会儿小猫卡住了，一会儿大猫和小猫都卡住了。两只猫卡在不同的地方，有时候也卡在同一个地方。

　　猫卡住时一动不动，目不转睛、表情平静，也没有喵喵叫示意人来救援，反而对人的到来一脸不屑。

　　快走开！猫用冷淡的余光发出信号。

　　猫卡在各种各样的地方，只要刚刚够放置它的身体，或比身体还要狭窄的地方，总之不能比身体宽大，猫会

挨个地卡一遍，把身躯收缩成不同的形状。

如果猫卡在墙角，就变成三角形；如果猫卡在纸箱里，就变成长方形；如果猫卡在盆子里，就变成圆形。

有时，小猫卡在大猫身体里，大猫卡在一个它喜欢的地方，一待就是半天。两只猫像是被后天凿成的榫卯结构，任意地就能完美结合在一起。

猫儿你卡我我卡你，卡着的同时还能睡觉和冥想，猫喜欢被挤压的感觉，如果能力足够，猫甚至想卡在我和丈夫的手指缝或者牙缝中。不然怎么每次张开五指，嵌入到猫毛中，用指头夹住它的肉，猫都会舒服得咕噜咕噜叫。

更多时候，猫卡在太阳光中，光线和热量堆积的地方，猫就将身子使劲挤进去，调整位置，让自己的三百六十度都与光芒贴合，那时候猫的形状是一个光圈，闪闪发亮，只能远远地看它，不然会刺坏眼睛。

猫还会卡在食物的香味中，什么猫罐头、猫粮、小鱼干、猫果冻、猫薄荷……猫一头扎进这些东西的气味当中，怎么拔都拔不出来。

# 56
## 开花

　　大猫和小猫追逐打闹，天上地下都是它们的脚印。我刚晾干收回来的白衬衣还没来得及叠好放进衣柜，就被它们轰轰轰踩过，留下数朵梅花，有大朵，有小朵，样儿乖巧不艳俗。我盯着梅花看了很久，好生漂亮，差一点儿就忘了自己的衣服被弄得脏兮兮的。

　　这下又要拿去重洗一遍。幸好有洗衣机，不用手搓。如果用手把那些可爱的花瓣搓碎，我还是有些于心不忍。

　　梅花开满了家中各处，白色的墙壁上最多，有些还带有枝条，是趾甲留下的剐痕，不蔓不枝，刚劲有力。

猫说让梅花开就让梅花开，几乎不需要耗费多大的力气，甚至连魔法都用不上，比季节的作用更明显。一年只有一个冬天，却天天都有猫，开花再也不用等待相应的温度和时节。

猫开出的梅花品种跟自然界中的梅花大有不同。花呈泥灰色，浓淡相间，错落排列，散发猫味的香气，开得十分低调，特别符合梅花的性格和气质。

　　哪里有猫，哪里就有梅花，连空气中都弥散着梅花的影子，若隐若现，那是开得最淡的花朵，用肉眼几乎看不见，只能待花儿凋零，掉到地面，用扫把就可以扫出一堆梅花的花瓣，已化成灰。

　　梅花中永远有那么几朵生命力最强，一直开不败。这几朵梅花跟其他梅花都不一样，它们长得粉粉嫩嫩，花瓣厚实坚韧，用手触摸也不会破碎，它们长在猫的脚掌心，长得最端庄，颜色最正，是其他梅花都羡慕的那几朵。

# 57

## 过滤

　　隔壁小区出了一个杀人犯，不仅杀了人还烧了房子，新闻上报道了。我是第二天看新闻才知道发生了这么大的案件。放下手机，坐在窗台上哀叹，眼睛不由自主地朝那个小区的方向望，想看见那栋黑黢黢的高楼，据说当时火势上下蹿跳，楼上楼下烧了好几家邻居。难怪猫头天晚上一直站在窗户边，不知道看什么。

　　我望了很久，始终没有望见，太多楼，太多树，太多人，挡住了视线，挡住了真相。猫儿也坐在我的身边，见我望，它们也望，我说你们看什么看，人的世界太残

忍了，还是好好当猫吧。我气愤、害怕，发泄似的对它们说了一通话。

我独自坐了好久，心情沉重，天空灰头土脸的，一点儿也不可爱。两只猫躺下，在地上打滚，互舔，没心没肺，每天都这样，看不出有任何烦恼。

猫儿们目睹了那场大火，火光早已留在猫的眼睛里，也留下了灰烬。给猫擦眼屎的时候，会发现猫眼屎是黑色的，不知道是多少灰凝结而成的污垢。猫虽然看见了一出命案，暴虐、凶狠的场面并没有使猫感到害怕。因为猫将所见的惨烈一幕从眼睛里面过滤了出来，把人性的黑暗也从眼睛里过滤出来。

猫永远保持天真，跟人形成了鲜明的对比。人经历越多，想法就越多，思绪万千，悲观失望。猫把多余的东西都过滤出去，不要复杂，不要深刻，那些都是没用的东西。活着轻松一点儿，不负载太多东西，猫比我们都明白。

# 58

# 猫就是上帝

阿弥陀佛不是上帝，耶和华也不是上帝，猫才是上帝。但是猫又不搞宗教那一套——把人圈起来，让他们信奉那些不着边际、虚幻的东西。猫只是匍匐在高处，像上帝一样俯视众生。

猫早就看穿了神，那不过是脆弱的人类给精神树立的某种依靠，没有了依靠，文明就难以为继。猫从神坛上走下来，爬上一棵树，树没有神坛那么高，躺在上头，优哉游哉也是快活得不得了。树下来来往往的蝼蚁啊人啊，都被猫尽收眼底。

　　猫用跟太阳一样明亮的眼睛盯着芸芸众生，张三李四王二麻子，统统没有觉察到树上有一个上帝。他们像往常一样路过，说张家长李家短，抠鼻子，吐痰，做无关紧要的动作，这些猫都知道。然而猫从不发表意见，也不下达指示，甚至让所有人忽略了它的存在。猫更加悠闲自在，上帝背上的十字架，终于在猫的身上被卸下，被丢弃。

猫从树上下来，分裂成无数猫，有的猫上了其他树或房檐，当了上帝。有两只猫则上了我家衣柜，成了我的大猫和小猫。

猫儿们站在制高点，没有视觉盲区，角角落落都逃不出它们的环视，四只眼睛跟四个摄像头差不多，朝着不同的方向，有时是同一个方向，三维立体环绕的视线把整个家都包裹起来，形成上帝视角。我和丈夫，包括大大小小的家具摆设，都被猫看得一清二楚。猫是上帝的话，我在心里默默祈求它的保佑。

# 59
# 枕头和被子

　　我不上班，这一天天的，必须睡很多觉才能度过去，像猫一样睡很多觉，却不自责，不认为自己无用，这仅仅是一个生活环节而已，我想通了，放任瞌睡去占领很多时间。

　　每当吃了午饭，我很快就困了。以前没有睡午觉的习惯，现在不一样了，午后的瞌睡来得特别准时，生物钟比人为规定的时刻表更容易规训一个人。只要我躺在沙发上不动，猫儿们就知道挨过来，准备睡觉。猫儿的午休比我长，它们绝大多数时候要睡到太阳落山，我顶多睡一个多小时。时间一到，生物钟里好像会伸出一把镊子，自动挑开我的眼皮，不醒都不行。

睁开眼，我发现自己枕着大猫，盖着小猫。它们都还维持着一动不动的样子，静止得像假的，有那么一瞬间我真的以为它们就是我的枕头和被子。

大猫脂肪肥实，特别是肚子，软糯有弹力，靠在上面舒服极了。小猫的长毛摊开，简直就是一床手感柔和的丝绒被，盖在胸口能够预防着凉。而且它们一挨着人就开始咕噜咕噜，有节奏有频率地发出催眠的音效，一个在我的耳边，一个在我的胸口，让人困上加困。

这样的枕头和被子，都不用换洗。洗过的被子或枕头总是没有以前好用，棉织品都是越洗越废，使用不了几年就要换新的，不像大猫和小猫，一直用一直用，都还是一如既往，绵柔暖和，甚至越来越新。毛弄脏了，它们自己知道舔舐干净，旧毛脱落后又会长出新毛。不

过一切还得取决于两只猫那时的心情，如果它们不想做枕头和被子，我也不敢强求。搞不好两只猫会立马变成锯子和钉子，在我身上一阵狂乱地敲敲打打，被搞得伤痕累累也并不稀奇。

# 60
# 两个人，两只猫

　　两个人，两只猫，住在一起，这是最理想的家庭组合。猫和猫一起玩，人和人一起玩，猫和人也能一起玩。如果家里面只有一只猫，猫就只好黏着人。如果家里面只有一个人，人就只好黏着猫。

　　猫和人之间出现了另一只猫，人和猫之间也出现了另一个人，另一只猫和另一个人同时出现。猫看见了猫，多么愉快！人看见了人，多么愉快！

　　就好比现在，大猫与小猫一起喵喵，我与丈夫一起聊天，家里再也不止有一种声音。更多的时候，两个人各自抱一只猫，使猫的脸相向，猫看着彼此喵喵或互相舔毛，人看着彼此的眼睛说话，传递着某着感情。同时手在猫身上不停地抚摸，像抚摸对方。猫咕噜咕噜，大家都陷入无比温柔舒适的时刻。

出门时，再也不用担心一只猫在家会感到孤单，起码在等人回家的时候再也不是一只猫在等。回家开门的瞬间，看见两只猫趴在离门最近的桌子上，望着同一个方向。

虽然一只猫的等待变成两只猫的等待，但是等待的难度相应减小。以前一只猫要花很多的精力打发时间，现在有另一只猫来承担一半的时间，两只猫都觉得轻松了很多。一只猫一半，负担起等待的长度，就算人很晚才回来，也觉得等待是件容易的事。

两个人一起出门时，也把对猫的担心一分为二，一人一半带在身上。一半的担心确实要比整个担心轻便得多，没有以前那么沉重，反而在外身心变得更加自在。

回到家，两个人，两只猫，八目相对的那一刻，孤独和担心瞬间消逝。好在承受起来都不是什么特别困难的事情了，既不耗费心力，也不耗费感情。

仍旧是一人一只猫抱在怀中，从再度相见的时刻开始，两个人，两只猫，又进入了另一个无比温存的时刻。不多不少刚刚好的四个成员，紧紧地彼此依偎。

图书在版编目（ＣＩＰ）数据

乌有猫 / 余幼幼著. — 北京：北京联合出版公司，
2021.8（2022.1重印）
　ISBN 978-7-5596-5265-2

　Ⅰ. ①乌… Ⅱ. ①余… Ⅲ. ①短篇小说–小说集–中
国–当代 Ⅳ. ①I247.7

中国版本图书馆CIP数据核字(2021)第078481号

---

## 乌有猫

作　　者：余幼幼　策　划：乐府文化
出 品 人：赵红仕　绘　图：余幼幼
责任编辑：牛炜征　特约编辑：春　霞
书籍设计：鲁明静

北京联合出版公司出版
（北京市西城区德外大街83号楼9层　100088）
北京联合天畅文化传播公司发行
北京美图印务有限公司印刷
新华书店经销
字数110千字　787毫米×1092毫米　1/32　8印张

2021年8月第1版. 2022年1月第2次印刷
ISBN 978-7-5596-5265-2
定价：49.8元